KARINE ALAVI

SUR-VIVRE

Odile Jacob

15, RUE SOUFFLOT, 75005 PARIS

www.odilejacob.fr

ISBN : 978-2-7381-5569-6

2 novembre 2010

Elle est un joyau, une essence rare. La polir, l'user de caresses, l'arrondir. Elle était faite pour ça.
Elle est millionnaire d'un million d'années. Son parfum est musqué, sa couleur cuivrée. J'ai cru qu'elle était un diamant, un rubis, une pierre précieuse.
Pierre aiguisée, coutelas. Incise. Une résine, c'est tout. La sueur d'un conifère, une condensation. J'ai lu qu'elle pouvait emprisonner dans sa colle des vestiges, fossiles, des traces de sang, une tête d'araignée, une queue de lézard.
Un piège.
J'ai voulu savoir, vous comprenez, d'où elle venait. J'ai cherché son nom. On ne naît pas comme cela par hasard. Elle n'est pas un hasard.

Ce n'est pas un accident ?

UN CHARME MINÉRAL

14 février 2011

Parfois, un prénom prédestine et oriente une vie. Le mien fait de moi, depuis que je suis née, un être paradoxal : je ne suis pas ce que j'annonce être. Peut-être ai-je été mal nommée ? Mon nom évoque la Scandinavie, alors que j'ai des traits eurasiens. C'est ma mère qui a tenu à ce que je m'appelle Solveig. Mon père lui a concédé ce prénom, il le trouvait lumineux. Mais je ne suis pas la fille solaire qu'il espérait. Bertrand prétend qu'il m'a épousée pour mon charme minéral. Quand je lui reproche de me qualifier ainsi de matière inorganique, il me compare à une terre vaste et étendue, résistante et inhabitée dont il serait l'infatigable explorateur. Il fait l'éloge des couleurs qui me singularisent, la noirceur de mes yeux, la blancheur de ma peau. Bertrand a toujours été fasciné par mes origines inuites. Ma grand-mère vient du Groenland. Toute sa vie, elle s'attacha à fuir son pays, afin de s'instruire. C'était une petite femme, vive et sèche, à la détermination et au caractère bien trempés. Mon grand-père, géologue danois, tomba sous son charme au cours d'une expédition polaire. Il revint avec elle à Copenhague lorsque ses recherches lui permirent d'obtenir une chaire de professeur. Ma grand-mère ne retourna jamais au Groenland. Elle se glissa dans la peau de cette nouvelle vie qu'elle avait choisie, en laissant croire à son mari qu'elle s'était pliée à sa volonté. Souvent je me demande ce qui serait advenu, si elle était restée sur son île. Serais-je sortie du grand Rien ? Serais-je née sous une autre forme ? Aurais-je fait partie de leur descendance ? Ils eurent trois filles ensemble dont la dernière, Katherine, voulut enseigner le français. Katherine rencontra mon père, Charles Bouquet, dans les années 1960, alors qu'elle séjournait à Paris pour se perfectionner. Chirurgien du cœur, il travaillait avec passion à la fabrication de prothèses capables de survivre après avoir été greffées. Ces valves cardiaques étaient d'origine porcine, et tout l'enjeu pour mon père était de trouver des traitements biochimiques pour les rendre compatibles avec un organisme humain et éviter les rejets.

D'une certaine façon, j'ai grandi avec l'idée d'une proximité entre le porc et l'homme : un simple traitement pouvait permettre au porc de vivre en l'homme. Ai-je pour cela développé un caractère méfiant ? Le fait est que je restai vierge longtemps, évitant les hommes farouchement. Jeune femme, je m'absorbai dans des études accaparantes. Dans ma famille, il fallait sauver des vies, mon père occupait ce rôle, mon frère prit sa suite, en devenant cardiologue, tandis que ma sœur s'orienta vers la neurochirurgie. Plus discrète et plus humble, j'entrai en médecine pour soulager et soigner. Je ne serais pas chirurgien, juste un médecin. Le cœur et le cerveau, les organes les plus nobles, avaient été choisis par mes aînés. Mais, j'avais bien hérité moi aussi de quelques grammes de la mégalomanie paternelle et je fis le vœu d'être, ni plus ni moins, la spécialiste du corps humain dans son entièreté. Mon rayonnement serait plus large que celui de mes frère et sœur, spécialistes d'organe. Le cœur, le poumon, le tube digestif, les os, les articulations, les glandes, le sang, le système nerveux et immunitaire n'auraient plus de mystère pour moi : je décidai d'être médecin interniste.

Quand je pense à cette époque, aux ambitions que je nourrissais, à la vie que je projetais, tout me porte à croire que j'avais une certaine estime de moi, même si je m'en défendais, en ne me mettant jamais en avant ; j'étais en réalité mue par une forte dose d'orgueil souterrain et structurant.

Comme tout cela est comique quand je considère ce que je suis devenue.

Bertrand est venu me chercher à l'hôpital. Je n'en menais pas large en refermant ma valise. J'étais assise dessus, quand il est entré dans la chambre. J'aurais pu rester longtemps sur ce siège de fortune s'il ne m'avait tirée par le bras. Je redoutais de retrouver la maison, les enfants. Devoir m'occuper d'eux me terrifiait. Mais les médecins m'avaient jugée capable de sortir, de tenter une immersion dans ma vie d'avant. Pourtant rien ne serait comme « avant », je le savais. Pour mon retour, les garçons m'ont offert un de ces calendriers photos personnalisés. Les clichés choisis par leurs soins donnent de Bertrand et moi l'image d'un « couple idéal ». J'apparais sur chaque page de chaque semaine, comme si, malgré ma désertion, je restais leur héroïne. Je tourne les pages, avec émotion et gravité, j'ai envie de pleurer. Toutes les photos sont tirées du passé, un temps révolu qui me paraît presque palpable et en même temps irréel. C'est trop difficile pour moi, je me débarrasse du cadeau sur une étagère du salon et me réfugie dans le canapé. Je me rends compte, au bout de quelques minutes, que le calendrier me fixe. Je reste sidérée, jusqu'au moment où je réalise que c'est moi qui ne peux détacher mes yeux de la date affichée : cela fait un an, jour pour jour, que ma vie a commencé à se dérégler.

UNE PLAQUE GLACÉE

14 février 2010

Il y a un an, j'avais quarante-trois ans et j'ai eu peur de mourir.

Le 14 février, je traversai Paris pour me rendre dans un quartier que je ne connaissais pas, à l'opposé de chez moi. La radiologue appartenait à une autre génération. Ainsi, j'étais sûre de ne pas l'avoir croisée pendant mes études. Elle ne travaillait pas à l'hôpital, mais uniquement dans le privé. Oui, je souhaitais que tout cela reste privé. Confidentiel.

J'avais choisi l'heure du déjeuner, plus pratique pour m'absenter. La rue me parut déserte, sans doute étais-je tout simplement seule avec mon appréhension. J'avais plusieurs mois de retard pour ce contrôle, ce qui était incompréhensible pour un médecin parfaitement au courant des risques. Je décidai de ne pas mentionner mon métier. Je ne voulais pas entendre de reproches, je m'en faisais suffisamment. Dès mon arrivée, je fus prise en charge avec efficacité ; une secrétaire enregistra mes données, prépara le dossier et me dirigea vers une salle d'attente aérée. La radiologue, ponctuelle, vint me chercher tout de suite.

– Bonjour madame. Allez vous déshabiller dans cette cabine. Vous me rejoignez dès que vous êtes prête.

Je poussai la porte et me retrouvai dans un petit cagibi. Dehors la voix de la spécialiste de la mammographie résonna, un brin autoritaire :

– Vous enlevez votre soutien-gorge, et les bijoux aussi.

J'exécutai les ordres, docilement, accrochant un à un mes vêtements au portemanteau. Je prenais sans doute trop de temps. J'étais ankylosée, saisie par la froideur de l'accueil. J'enlevai la fine chaîne que je portais autour du cou pour la glisser dans mon pantalon. Je me débarrassai de mes boucles d'oreilles préférées, de ma montre au bracelet fragile. Je les laissai sur le petit banc en bois, puis me ravisai et les dissimulai sous mon pull. Je cachai mes bijoux, je crois, parce que je devais montrer mes seins.

J'entrouvris la porte et passai la tête à l'extérieur. La pièce était plongée dans l'obscurité. Je pénétrai dans la salle des machines, épaules rentrées, pour dissimuler ma poitrine.

– Venez par ici, dit le médecin en m'emmenant devant une vitre.

Quand elle attrapa mon sein gauche pour le caler contre la plaque métallique glacée, l'image de mon boucher découpant des tranches de jambon avec sa belle machine en chrome m'apparut. D'un geste brusque, la radiologue souleva mon bras. Elle actionna une manette et une deuxième plaque s'avança pour broyer ma poitrine. Mon mamelon effrayé se recroquevilla. Pris dans l'étau, mon sein se déforma comme une poire écrasée. La femme disparut pour tripoter ses machines.

– Ne respirez plus.

Un bruit de flash.

– Respirez.

Je soufflai. Elle revint vers moi, me comprima dans l'autre sens. Une odeur d'aisselle s'installa entre nous. Gênée, je lui décochai un sourire. Elle me tourna le dos pour rejoindre son tableau de bord.

– Ne bougez pas.

La position était difficile à tenir.

– Ne respirez plus.

Elle parut contrariée et interrompit sa programmation. Elle soupira en se dirigeant vers moi.

– Il ne faut pas bouger. Si vous rentrez votre épaule, comment voulez-vous que je prenne le cliché !

D'un coup sec, elle tira sur mon articulation, ma peau se pinça entre les plaques. Satisfaite, elle retourna à ses boutons.

– Ne respirez plus.

– …

– Respirez.

Les lumières se rallumèrent brusquement, elle s'approcha et desserra sa tenaille. Libérée, je regagnai la cabine qui ressemblait à un confessionnal. Pour tenter d'établir un contact, je lançai à travers la cloison :

– C'est parce que ma mère en a eu un et ma sœur aussi, que l'on doit vérifier.

Après quelques secondes, comme je n'étais pas sûre qu'elle ait entendu, j'ajoutai :

– C'est un simple contrôle.

La radiologue m'intercepta entre le confessionnal et le bureau pour régler l'examen.

– Il y a une image anormale, déclara-t-elle.

Je reculai et faillis perdre l'équilibre. Elle me rattrapa par le bras, pour la première fois son visage se montrait chaleureux :

– Ce n'est pas très volumineux. Mais quand je compare avec vos précédentes mammographies, c'est une image récente, indiscutablement. Je vais vous adresser à un collègue très bien, pour faire une ponction… Je préfère écarter tout risque de…

Oui, c'est plus prudent…

En sortant, j'avais une grande pochette bleue, dans un sac en plastique recouvert de vert à l'effigie du centre de radiologie. Maintenant, tout le monde savait d'où je venais. L'enveloppe frottait contre ma jambe, à chaque pas. La rue s'était remplie, il fallait se faufiler. Je croisai des visages baissés et des yeux muets. Au pied d'un immeuble, une bouche hurla sans pudeur le prénom d'une jeune fille. Devant moi, je vis deux mains agripper une poussette et un bébé me fixer en agitant ses pieds. Mon regard s'absorba dans le trottoir, partout autour de moi des chaussures piétinaient le sol. Quelqu'un me bouscula. Je restai sur place, immobilisée sur une scène où j'étais de trop. Je me retirai sous un porche et les dévisageai tous ces pressés de la vie, débordant d'énergie et dépourvus de doute. J'étais désemparée.

Je me mis en quête de retrouver ma voiture. Toutes les rues se ressemblaient mais elle finit par apparaître. Je pressai la clé, les portes s'ouvrirent dans un petit « clac » familier. Je jetai la pochette à l'arrière et me laissai choir sur le siège. Ma tête bascula vers l'avant, comme si je ne la tenais plus, le silence remplit l'habitacle, quelques larmes s'écrasèrent sur mes genoux, c'était bon et chaud de pleurer.

Je pensai appeler Bertrand, mais je ne pouvais rien dire. Rien dire de cet examen.

De la nouvelle. En était-ce une ? Que m'avait dit la radiologue ? Avait-elle minimisé les choses ?

Je connaissais tellement cette technique d'annonce progressive qu'employaient les médecins.

Chez moi, les murs protecteurs, le bois chaleureux, les coussins moelleux ne réussirent pas à m'apaiser. J'entrepris de faire du thé. J'enfilai des chaussettes en laine, pour ne pas avoir froid. Le bol fumait entre mes doigts, la pochette reposait à côté de moi. À travers la fenêtre perçait un coin de soleil. Alors j'extirpai les clichés. Mes seins laiteux suspendus à mon buste menu se dessinèrent sur un fond noir brillant. Ils pointaient en avant comme une offrande, ils étaient denses et blancs, ils ne paraissaient pas malades. Ils avaient envie de vivre, de remuer, d'être aimés. J'attrapai les clichés suivants pour les examiner sous toutes les coutures, de profil, vus de haut, de trois quarts. Le droit. Le gauche. Ils ressemblaient à deux globes terrestres dont les reliefs auraient été mes veines. Je regardai bien, je plissai les yeux, mais je ne décelai rien, je ne la vis pas.

Je ne vis pas l'anomalie.

Je rangeai les radios dans l'enveloppe que je cachetai avec du scotch. Je la dissimulai entre le sommier et le matelas du lit et m'allongeai dessus.

Je pensais aux femmes de ma famille qui avaient eu la même chose et qui en étaient mortes.

Une heure s'écoula avant que je me lève pour préparer le goûter du petit. Il arriva à la maison comme un chat qui gratte à la porte, son cartable presque plus gros que lui sur le dos. À table, il vint se glisser sur mes genoux, je respirai ses cheveux, nous préparâmes des tartines ensemble, je le regardais manger en posant des questions de Maman, il me répondait par grognements la bouche pleine. Au bout de quelques minutes, il s'interrompit, posa son morceau de pain et tourna vers moi son regard noisette : « Tu as pleuré Maman ? »

– Non mon chéri, pourquoi me dis-tu ça ?

– On dirait que tu as les yeux en larmes…

– Non, lui répondis-je avec un baiser, ne t'inquiète pas, je vais bien.

CONSULTATION

16 février 2010

Je ne pensais pas pouvoir m'oublier dans l'autre, et pourtant ce matin-là, c'est avec empressement que je m'étais rendue au travail. J'avais accéléré le rythme des choses, multiplié les gestes, pour que l'action prenne le pas sur les pensées, les assourdisse jusqu'à les éteindre. J'arrivai en avance à la consultation, saluai le personnel infirmier. La première patiente était déjà là, je la fis entrer. Elle s'installa, avec lenteur. C'était une jeune femme avec un visage clair et des taches de rousseur, des yeux verts, des traits fins, de longs cheveux châtains sous lesquels elle se dissimulait. Je lus la lettre qu'elle me tendait, avec un sourire je m'adressai à elle :

– Vous venez me voir pour des maux de tête ?

– Oui, je suis migraineuse depuis longtemps, mais là c'est différent. J'ai mal tout le temps, tous les jours, ça me serre là, dit-elle en désignant ses deux tempes, et parfois aussi ici à la base du cou, j'ai l'impression que mon crâne est pris dans un étau.

– Hum, ça vous prend la tête ?

– C'est ça.

– À quel âge ont commencé vos migraines ?

– Quand j'étais enfant. J'avais des taches multicolores qui se baladaient devant mes yeux et après j'étais complètement à plat, j'avais mal à la tête, il fallait que ma mère me couche.

– Ces phénomènes visuels dont vous parlez, ce sont des symptômes qui précèdent la crise, normalement si vous prenez votre traitement sans attendre, vous pouvez stopper la migraine.

– Oui, mais les taches de couleur ont disparu.

– Vous diriez que ces modifications remontent à combien de temps ?

– Oh peut-être deux ans.

– Vous n'avez pas de souci particulier, en ce moment ?

– Non.

– Dans la famille, pas d'antécédent ?

– Si ! Ma mère est migraineuse aussi.

– Et vos enfants ?

– …

– Ils ne sont pas migraineux ?

– Non. Les deux derniers, non, a-t-elle précisé. Mon premier… Je ne sais pas.

– … ?

– C'est-à-dire, prononça-t-elle d'une voix enrouée… C'est-à-dire que je l'ai… je l'ai perdu.

– Vous l'avez perdu ? À la naissance ?

– Non. Quand il avait cinq ans.

– Oh... Je suis désolée... Je ne voulais pas réveiller ce souvenir douloureux.

– Vous savez, ce n'est pas un souvenir. C'est là, dit-elle en montrant son ventre.

– Oui, je comprends, enfin... j'imagine ce que...

– Souvent, reprit-elle, je me demande, ce que j'ai fait... ou ce que je n'ai pas fait justement. Je m'en veux de n'avoir pas réagi assez tôt. Les réanimateurs m'ont dit que cela n'aurait sans doute rien changé. Mais c'était peut-être pour me rassurer ? Avec les médecins, on ne sait jamais, si c'est l'exacte vérité ou seulement celle qu'on a envie d'entendre.

– Que pensez-vous avoir mal fait ?

– J'ai compris trop tard que c'était grave.

– C'était un accident ?

– Oh non ! lâcha-t-elle avec lassitude. Tout avait commencé si banalement, un rhume... Un peu de fièvre. Et puis... Je ne sais pas ce qu'il s'est passé, la fièvre est montée très haut, le petit a commencé à dormir, à être tout mou. Il respirait bruyamment. J'ai eu peur, j'ai voulu aller aux urgences, mais j'étais coincée seule avec les deux autres. J'ai appelé le Samu. Ils sont arrivés rapidement. Je ne voulais pas le laisser partir, ils m'ont dit de les rejoindre aux urgences, il ne fallait pas perdre de temps, j'étais paniquée, j'ai voulu l'embrasser, sa petite tête dodelinait sur l'épaule du réanimateur, ses yeux étaient ailleurs, dans le vague.

Elle pleurait. Les mots sortaient en vrac comme les larmes. Après s'être mouchée bruyamment, elle continua plus calme :

– Il a eu une myocardite. Le cœur n'a pas tenu. Je ne savais pas que cela pouvait arriver. Qu'un virus pouvait attaquer le cœur d'un bébé, d'un tout-petit, et le faire…

Et là les pleurs recommencèrent sans plus pouvoir s'interrompre.

Je tentai de la réconforter :

– Vous savez, c'est une affection terrible, tellement imprévisible. Vous ne pouviez rien faire de plus, et la médecine a été impuissante aussi.

Je lui tendis un mouchoir, il fallait lui laisser du temps. Son visage était tuméfié. Le mot « catharsis » me vint à l'esprit. J'ai souhaité que ses pleurs soient le début d'une longue plainte, d'un aveu, qu'ils viennent laver cette douleur tapie, que les choses soient enfin dites. La mort de l'enfant avait été évoquée lors de la consultation, c'était un premier pas pour faire sortir la douleur de son crâne.

Quand ce fut le moment, je la raccompagnai. Je refermai la porte, je ne pensais plus à moi, je pensais à elle.

LE SECRET

28 février 2010

Allongée sur mon lit, j'observais le plafond. Je m'appliquais à ne pas penser.

La grève des pensées devenait une ascèse nécessaire dans ma situation. Quand une idée s'imposait, j'expirais profondément, je lui soufflais dessus. Le téléphone sonna. Je tournai la tête, il faisait un temps d'automne. Le ciel était une brume sans heure, il pouvait être midi ou 17 heures. Le ciel, gris comme la rue, n'avait plus de couleurs. Je ne bougeai pas, je restai étendue sur le dos, les bras le long de mon corps. Ma poitrine se soulevait puis s'abaissait. La sonnerie reprit, je me recroquevillai sur le côté, comme c'était pénible cette façon d'insister. Tout à coup, je pensai aux enfants. Et si c'était l'école ? Je me retournai précipitamment et décrochai en renversant le combiné.

– Je suis bien chez Mme Vannier ? dit la femme.

– Oui, de quoi s'agit-il ?

– C'est l'hôpital Saint-Eustache.

– Non ! Ce n'est pas possible, il est arrivé quelque chose ?

– … Non justement. Nous attendions Mme Vannier aujourd'hui pour une ponction du sein, mais elle ne s'est pas présentée.

– Hum, oui… c'est vrai… Mme Vannier a eu un empêchement, elle ne pourra pas venir.

– Ah ? C'est embêtant, son rendez-vous était fixé depuis quinze jours.

– Oui, je crois qu'elle n'a pas pu vous prévenir.

– Pouvez-vous lui dire de nous rappeler, il faudrait qu'elle reprenne rendez-vous sans trop tarder.

– D'accord, je le lui dirai.

– Bien, alors…

– Au revoir madame.

Pourquoi n'avais-je pas annulé ? Pour retarder ce geste ?

Ce que je voulais, c'était ne pas savoir.

Un peu d'incertitude, était-ce possible encore ? Pouvais-je m'épargner les pronostics, les diagnostics maladroits, la mammectomie chirurgicale, la chimio qui fait dépérir, les rayons qui brûlent ?

Les cancers familiaux finissent mal, le cancer de la femme jeune progresse vite, avec les antécédents qui sont les vôtres, vous devriez vous faire retirer les deux seins. Les médecins disent des choses comme cela et les images surgissent, terribles ; la peau tirée sur les côtes, comme une enfant maigre, il n'y a plus rien, plus de souplesse, plus de paresse, plus de mamelon, juste de la peau plaquée entre deux bras.

La maison devenait trop étroite. Je marchais de long en large, je ruminais. Il fallait que je m'échappe, j'attrapai ma veste. Dans la rue, j'avançai à grandes enjambées, les vitrines renvoyaient mon reflet : femme élancée presque maigre, avec une tête de chat, les pommettes hautes et fières, les yeux bridés, une frange courte et brune qui me donnait plus que jamais un air buté. Je foulai le trottoir, avec mes talons, comme pour lui faire mal. J'avais envie de donner des coups d'épaule, j'avais envie d'une altercation, de me mesurer, de cogner. La ville m'irritait avec ses lumières agressives, la rumeur des automobiles, le crissement des freins, les feux qui clignotaient. Ma sérénité apprivoisée anéantie par cette secrétaire consciencieuse ! Comme tout basculait vite. Je faillis traverser devant un bus, un vieil homme m'attrapa par le bras en criant : « Attention ! » Je reculai et me collai contre un mur, le souffle coupé. Je ne pouvais pas rester avec ça. Il fallait le dire, il fallait s'en occuper. Il fallait que je le dise à Bertrand. Je regardai ma montre, il était temps, j'avais le temps maintenant. Par là, c'était à gauche, la deuxième à gauche, vers les grands boulevards. La foule s'agglutinait sur les passages cloutés devant les grands magasins, les voitures étaient condamnées à l'arrêt par les piétons indisciplinés, je me faufilai entre eux, en pressant le pas. Des vendeurs à la criée tentaient d'attirer la ménagère, je passai devant le rayon cosmétique qui exhalait une lueur pâle. De toute façon, que pouvais-je faire d'autre ? Réfléchir encore ? Je n'étais peut-être pas obligée de plonger Bertrand là-dedans ? Une silhouette passa dans mon champ de vision. Je revins sur mes pas. Rien. J'avais sans doute rêvé. J'amorçais un demi-tour quand mes yeux tombèrent sur elle. Elle me regardait dans son joli déshabillé, un sourire sur ses lèvres figées. Elle avait un air de french-cancan, peut-être était-ce ses bottines à lacets ? Ou alors les petites rayures verticales, noires et blanches sur sa culotte ? C'était joli ces volants de dentelle sur ses hanches. Je l'examinai plus attentivement : le balconnet était pigeonnant, les mêmes fines rayures qu'en bas, juste un peu plus serrées sur le soutien-gorge, l'étoffe luisait comme de la soie. Les jambes à demi écartées projetaient sous le nez des passants un petit slip en dentelle, un boa synthétique jeté sur les épaules venait masquer une poitrine sans âme. La vitrine me retenait. Comme aimantée, je détaillais la fille, le galbe de ses seins, l'arrogance de sa poitrine qui pointait trop parfaitement, sa peau rose de poupée plastique, son air aguicheur, impudique. Je ressentis l'envie violente de la tirer par les cheveux, de la faire basculer de son estrade minable. Je respirai profondément ; mes poings serrés dans mes poches se détendirent. Je m'apprêtais à partir, mais au dernier moment, je changeai de direction et pénétrai dans le magasin, j'allai tout droit au rayon lingerie et me campai devant la vendeuse :

– C'est celui-là que je veux, celui avec les petites rayures, lui dis-je en montrant le mannequin du doigt.

Dans la salle d'attente, Bertrand me découvrit au moment où il venait accueillir une jeune femme. Il fit un détour de mon côté pour me souffler à voix basse :

– C'est gentil de me faire une surprise.

– Tu en as pour longtemps ? lui demandai-je doucement.

– Juste une patiente, tu veux entrer ?

– Non, je préfère t'attendre. On va déjeuner après ?

– Avec plaisir.

Son corps s'approcha du mien. Sa bouche me souriait. Je devinai son envie de m'embrasser. Mais il se ravisa.

– Je fais au plus vite.

Il appela sa patiente et s'effaça pour la laisser passer. Je l'imaginais avec la femme, ce n'était pas agréable, mais cela me laissait un peu de répit. Il fallait bien que je lui dise, que je trouve les mots. J'essayais des phrases dans ma tête, des mots qui ne font pas peur, une annonce en douceur, avec des angles bien polis, je ne voulais pas que mes paroles s'inscrivent comme une cassure dans le cours de sa vie.

Dans la rue, nous avons marché en regardant droit devant nous, mon visage était fermé malgré moi. Il a regardé mes paquets.

– Tu as fait des achats ?

– Oui

– C'est joli ? Tu es jolie dedans ?

– Oui, je crois.

– Tu me montreras ?

– Si tu veux.

Je me voyais faire un essayage devant lui, j'imaginais son regard devant les dessous, son regard d'appétit, et le moment où il ne se contiendrait plus, où il arracherait la dentelle à rayures. Comment pouvais-je lui dire ? Comment pouvais-je lui dire, que je serais bientôt orpheline d'un sein ? Je vins me blottir contre lui, comme une chatte sur sa poitrine, il sentait le café et l'odeur de sa peau, un mélange chaud bien à lui. Il caressa mes cheveux doucement.

– Ça va ? Tu es une petite aujourd'hui.

Et il me serra dans ses bras.

BERTRAND

Printemps 2000

La première fois, je ne savais pas que Bertrand était un homme. Tous les jours en revenant du travail, je passais devant la petite plaque dorée « Dr B. Vannier. Dermatologue ». Son nom avait une résonance sucrée, et j'associais le soin de la peau à un métier de femme. Je me représentais une jolie femme mûre, distinguée, peut-être une Blandine, qui écouterait avec compréhension mes petites préoccupations de trentenaire. Lorsque je me présentai, timide, à l'interphone, la porte s'ouvrit comme une grotte secrète. En haut de l'escalier, je pénétrai dans le cabinet et trouvai la salle d'attente vide, minimaliste, avec des fauteuils modernes et clairs. Une musique douce passait en fond, quelques journaux épars étaient proposés sur une table basse en verre. Plusieurs médecins consultaient ici, j'avais vu leurs noms au pied de l'immeuble. Je m'installai près de la fenêtre et regardai les feuilles bouger dans les arbres dehors. J'entendais des bruits de portes, des chuchotements, un va-et-vient occulte au bout d'un couloir. Quand il est entré, j'ai cru qu'il ne venait pas pour moi. Nous nous sommes regardés et il a prononcé mon nom. Je me suis levée, comme un automate, il a dû me tendre la main, je ne m'en souviens plus. Je l'ai suivi dans le couloir, j'avais l'impression que les murs se refermaient sur nous et d'être collée contre ses épaules. Il était grand. Dans la pièce de consultation, il s'est assis dans un vaste fauteuil de cuir noir, j'ai pris place en face de lui sur une chaise métallique, entre nous trônait un immense bureau en verre fumé, pratiquement vide, où étaient disposés quelques stylos érigés dans un pot et un bloc-notes.

– C'est la première fois que nous nous voyons, dit-il en saisissant une petite fiche.

J'acquiesçai.

– Madame… Bouquet ? fit-il en commençant à la remplir.

– Oui, comme un bouquet de fleurs.

– Votre prénom ?

– Solveig, dis-je dans un raclement de gorge.

– Vous êtes née le… ?

– 19 décembre 1966.

Pendant les formalités d'usage, je cherchais désespérément un autre motif de consultation, quelque chose à lui dire, un prétexte.

Il releva la tête, et prononça les mots que je redoutais depuis plusieurs minutes.

– Bien, que puis-je pour vous ?

Je restai silencieuse, son regard était droit dans le mien, il attendait que je parle. Je reculai ma chaise et me mis debout, il me dévisagea, je baissai les yeux en attrapant un bout de ma jupe.

– Je viens vous voir pour ça, dis-je en dégageant ma cuisse, je sais c'est un peu ridicule, mais cela me gêne, je voulais savoir si on pouvait les faire disparaître.

Il s'est approché, et j'ai eu l'impression qu'il allait retirer le reste de mes vêtements. Il m'a demandé de m'allonger sur la table d'examen et a éclairé ma peau avec une grosse lampe.

À la racine de mes cuisses, de vilaines veinules dilatées formaient un fin réseau violacé, certaines étaient éclatées et prenaient l'aspect de petites étoiles rouges, comme un tatouage disgracieux. Il a passé son index dessus, en m'effleurant. La pulpe de son doigt était charnue, j'ai pensé aux coussinets sous les pattes des chats. Il a dit :

– Depuis quand avez-vous cela ?

– Depuis quelques années. Cela ne s'arrange pas avec l'âge.

– Quel âge avez-vous ?

– Trente-trois ans.

– Vous pouvez vous rhabiller.

– …

– Si cela vous dérange, a-t-il ajouté, je peux essayer de les atténuer, et peut-être en faire disparaître la plupart, mais il faudrait que l'on se revoie plusieurs fois. C'est un traitement au laser. Asseyez-vous, je vais vous expliquer.

Docile, je suis retournée sur ma chaise. Il a saisi un crayon en papier, et il s'est lancé dans des explications. J'ai regardé sa main, j'étais obnubilée par ses doigts repliés sur le crayon et le mouvement de son poignet, rapide, habile. Soudain il s'est interrompu, j'ai relevé la tête, nous nous sommes regardés en silence, je lui ai dit « d'accord ».

Au début, nos rencontres étaient silencieuses. J'aimais m'allonger sur la table froide d'examen et l'écouter préparer sa machine, guettant l'instant où il s'approcherait, où il poserait ses mains chaudes sur mes cuisses. Les yeux fermés, je devinais sa présence dans mon dos, debout, appuyé sur la table, en train de me regarder. Je ne bougeais pas. Il armait son laser, cela allait bientôt se produire, la petite décharge douloureuse qui me ferait contracter les fesses. Tout de suite après, il passerait un doigt sur la zone agressée pour l'apaiser. Il savait bien faire ça : soulager avec ses doigts. Puis s'ensuivait une phase d'inspection, il effleurait ma peau, la pinçait, l'air concentré, je percevais sa respiration. Je pensais : « Il aime le travail bien fait. » Satisfait, il laissait tomber ma phrase favorite : « Retournez-vous. » Je m'exécutais lentement, les yeux baissés, soumise à sa voix. Et il recommençait. Parfois, il dégageait le haut de ma cuisse, en repoussant le tissu de ma jupe. Je sortais de ces séances remplie de sensations qui s'intensifiaient au fur et à mesure que nos rendez-vous se répétaient.

J'avais envie de m'abandonner à ces émotions. J'aimais qu'il prenne soin de moi, de ma peau, j'aimais être entre ses mains, anonyme, silencieuse. Je lui avais tu ma profession, pour préserver cela. J'arrivais en avance, je me relaxais dans la salle d'attente, afin d'être totalement réceptive. Le silence m'aidait à l'observer. J'imaginais une journée fatigante à la tenue défraîchie de sa chemise, une contrariété aux froncements de ses sourcils, une humeur joviale à la luminosité de son teint. Je lui façonnais une vie.

Après cette phase d'observation passive, comme deux animaux qui se respirent, j'avais le sentiment de pouvoir aller plus loin. La situation était délicate, nos rencontres étaient de surface, la peau était notre vecteur, la peau disgracieuse. Je voulais qu'il connaisse autre chose de moi, mon intime, l'intérieur. Je me mis à parler.

Ma conversation semblait le distraire et en fin de séance son visage paraissait plus animé, comme si échanger lui avait fait du bien. Il appréciait nos entrevues, quand il venait me chercher en salle d'attente, je lisais dans ses yeux un plaisir sincère, cela m'encourageait. Mais au bout de quelques semaines, le traitement touchait à sa fin et je n'étais pas parvenue à rompre sa réserve, cette distance de rigueur entre le médecin et sa patiente. La dernière consultation, je faillis la manquer, retenue au dernier moment par une urgence à l'hôpital. Le rendez-vous était fixé à l'heure du déjeuner. J'étais arrivée *in extremis*, une pizza avalée en vitesse dans ses escaliers, encombrée de mon cartable et de mon sac à main. Toujours à l'heure, il m'avait accueillie sur le seuil de sa porte, je m'étais essuyé les doigts sur mon imperméable avant de lui serrer la main, mais pour la bouche, pour le menton, je n'avais pas eu le temps. J'entrai dans la salle de consultation obnubilée par la crainte d'avoir le contour de la bouche maculé de sauce tomate. Dès qu'il tourna la tête, je me précipitai sur le miroir au-dessus de la table d'examen. En même temps que je découvrais avec effroi le vermillon qui s'échappait de mes lèvres comme un rouge mal appliqué, je sentis son regard me surprendre. Autant dire qu'après cela je n'étais plus d'humeur à le charmer. Je répondais laconiquement à ses questions, refusant d'entrer dans la conversation. Sa déception était palpable quand il me raccompagna, mais je ne m'attardai pas et m'esquivai, sans grande dignité, en me cachant sous mes cheveux mal coiffés.

C'est deux jours après cette prestation désastreuse que je reçus son appel.

– Oui, bonjour, c'est Bertrand Vannier.

– Qui ça ?

– Docteur Vannier.

– Ah, oui bien sûr, excusez-moi, oui, c'est Solveig Bouquet à l'appareil.

– …

– …

– Comment dire… C'est un peu délicat, mais la dernière fois que vous êtes venue…

Je ne pus m'empêcher de dire, l'interrompant :

– Oui, je sais, je n'étais pas dans mon assiette…

Je perçus son rire à l'autre bout du fil, étonnée qu'il s'amuse des mêmes choses que moi.

– Eh bien… cela ne m'a pas laissé indifférent, et même beaucoup plus.

Le charme de la vie, c'était bien cette façon insolite, inattendue, de dévier les trajectoires, de nous prendre toujours au dépourvu. Cela faisait deux mois que je m'essayais au raffinement avec cet homme que je devinais sensible, m'habillant avec soin, faisant preuve d'esprit, tentant de lui faire oublier mes varicosités et, contre toute attente, cette façon de me goinfrer l'avait attendri. Il me proposait un rendez-vous ! Quel était le sens de cette invitation précipitée ? Il avait compris ma gêne et en avait été ému, avait-il dit, et cette émotion il tenait à me la rendre, mais sous quelle forme ? Je n'osais y penser, ou plutôt si : je ne pensais qu'à ça, je veux dire, à ses formes, que je fantasmais en train de grossir contre ma main plaquée sur son pantalon. Je le voyais nu, libéré, déployé, je me le représentais avide, avide de désir contenu. Je pensais à ses doigts sur mes cuisses, ses doigts qui m'avaient déjà tant palpée. J'imaginais qu'il me pétrirait un peu violemment et puis qu'après il viendrait à moi avec douceur.

Et c'est ainsi que Bertrand est entré en moi, qu'il a pénétré ma vie, Bertrand Vannier l'homme au nom d'une promesse sucrée, l'homme aux doigts de velours. Entre nous, depuis le début, c'était une histoire de peau, mais je ne me doutais pas à quel point sa peau et la mienne allaient se reconnaître, s'aimanter, se désirer, et ne plus se lâcher.

À LA CAMPAGNE

25 mars 2010

– Tu as envie d'aller à la campagne ? avait dit Bertrand.

– Oui, si tu veux… Si tu ne nous tues pas…

La dernière fois, il s'était endormi au volant. La voiture avait fait une grande courbe, pleine d'ampleur, comme une hanche de femme dessinée au fusain et j'avais rattrapé *in extremis* le volant ; l'instinct de survie, un réflexe, ma main avait jailli.

Est-ce que Bertrand était fatigué ?

Perdre le contrôle ne lui ressemblait pas : il tenait sa vie. Sa mère était partie quand il était enfant. Sans un mot, sans une explication. Quand les fondations sont incertaines, comment rester debout ? Il avait dû faire face à ce vide et contrer les angoisses qui le morcelaient. Rassembler chaque partie de lui, chaque parcelle et les cimenter. C'est ainsi qu'il s'était construit.

Bertrand avait toujours rêvé d'être marin, comme beaucoup d'hommes, mais dans la vie il était l'ancre du bateau, la colonne vertébrale de la maison. Abandonné, il ne pouvait s'abandonner. Lâcher l'aurait trop exposé, au danger. Et pourtant, le volant lui avait échappé, il s'était assoupi. Sa vigilance s'effritait-elle ? Ou au contraire se sentait-il enfin en sécurité ?

Comment lui dire ?

Le week-end parfois, avec nos trois garçons, nous partions en Normandie. Nous louions une petite ferme, à l'année. La demeure était modeste, la cuisine servait de salle à manger avec sa grande cheminée où nous faisions des flambées dès que le jour tombait. Il y avait aussi une petite alcôve pour les invités et juste deux chambres. Les enfants s'entassaient dans l'une et nous occupions l'autre. Mais le jardin était immense avec un vaste terre-plein, et des fleurs sauvages qui se mélangeaient à celles plus domestiquées que nous avions plantées.

J'avais bien fait d'accepter sa proposition. Le soleil était tiède, de manière inattendue. Depuis le début de l'après-midi, je somnolais sur une chaise longue. Une sensation d'ankylose et de fourmillements dans les pieds me réveilla, je remuai mes jambes restées pliées trop longtemps. J'entendis des cris qui se rapprochaient. J'ouvris les yeux. Les garçons et Bertrand jouaient au foot, ils avaient le torse en sueur. Le ballon dansait au bout de leurs pieds. Sur le terrain de jeu improvisé, leurs chaussures raclaient la terre qui montait en amas de poussière au milieu des halètements et des essoufflements. Je regardai leurs corps en mouvement, leurs bras se repousser, la balle les excitait comme des chiens en joie. Bertrand avec ses fils redevenait un enfant, il éclatait de rire chaque fois qu'il leur ravissait la balle. Ils se mettaient à trois pour le contenir, leur tête butait contre sa poitrine, ce qui semblait le stimuler. En un dribble, il s'échappait comme un géant, les enfants s'accrochaient derrière lui, il les baladait, accélérait, ralentissait et repartait, leurs rires redoublaient : le père demeurait insaisissable, ils en étaient ravis.

Je les observais à travers la glycine, quelques roses nonchalantes piquaient du nez, les pétales trop mûrs s'ouvraient impudiquement et me montraient un cœur jaune en train de flétrir. L'âge allait bien aux roses, il leur donnait un air alangui, s'il pouvait en être ainsi des femmes. Je m'imaginais dans dix ans, portant sur mes hanches une corolle épanouie, la peau infiltrée par une ménopause précoce. Un frisson me rappela à l'ordre. Ce n'était peut-être pas mon destin de vieillir. Je fermai les yeux, écoutai le bruit du match de foot, je tentai de me représenter la partie, leurs déplacements, leurs expressions. Un rayon oblique se posa sur moi, je sentis mes vaisseaux se dilater et une vague de bien-être m'envahir. J'étais vivante, seul l'instant me concernait, il fallait arrêter le temps et surtout éviter de penser. J'ouvris le journal pour lire sans acharnement, disposée à me laisser distraire à tout moment. Bertrand vint près de moi, il attrapa la bouteille pour boire goulûment, je vis sa pomme d'Adam onduler, je trouvais sa gorge éminemment masculine et son odeur aussi. Je lui glissai un regard d'envie, mais il ne le vit pas, les yeux fermés pour mieux avaler. Les garçons le réclamèrent pour poursuivre la partie, il partit en trottinant, ses omoplates tressautaient sous ses épaules musclées.

À ce moment-là, je surpris Ambre en train de me dévisager, elle se balançait sur le rocking-chair. Sa peau avait bruni, curieusement sa peau était mate, malgré ses yeux clairs. Quelles étaient ses pensées ? Avait-elle perçu quelque chose ? Je lui souris discrètement avant de replonger dans mon journal.

LA CHEVELURE

Juillet 2009

L'été est une saison où les femmes sont belles, où la lumière du matin donne envie de se lever. Ce matin-là, nous avions déjeuné tôt avec Bertrand avant qu'il ne parte, les petits étaient chez leurs grands-parents. Dès 8 heures, le thermomètre affichait vingt-cinq degrés, une journée chaude s'annonçait. J'inspectai ma penderie, instant matinal crucial, afin de trouver la tenue adaptée au temps, à l'humeur du moment. J'optai pour une robe dont l'attrait principal résidait en un fin boutonnage tout le long du dos, impossible à attacher seule. Une robe pour se faire désirer et lentement déshabiller. De facture classique, elle était faussement sage, bien cintrée sur les hanches et décolletée sur la poitrine, l'étoffe légère et claire me paraissait convenir à la moiteur qui s'annonçait. Je fermai, à la va-vite, les boutons du haut et du bas et laissai détachés, au milieu, deux ou trois que je ne pouvais atteindre. J'étais en retard. Après une brève inspection, je quittai l'appartement.

Dans le corridor, les murs épais enfermaient encore un peu de fraîcheur. J'enfilai la coursive qui me séparait des escaliers, mes talons claquaient sur les tomettes, comme une danseuse de flamenco, l'étroitesse de la robe limitant l'ampleur de mes pas. Je faillis littéralement tomber sur elle, au sortir de l'angle droit que formait le couloir. D'elle, je ne vis d'abord que les cheveux, des cheveux épais, denses, cuivrés, très longs. Agenouillée devant une porte d'appartement que je savais inoccupé, elle se releva précipitamment, sa cheville se tordit, elle tira sur sa jupe. Sa chevelure se déploya recouvrant sa gorge et ses épaules, comme une parure, d'une couleur rare proche du miel.

– Vous avez un souci ? lui demandai-je avec sollicitude.

Elle sembla surprise :

– Je me suis enfermée à l'extérieur. J'ai deux clés, mais j'en ai laissé une dans la serrure à l'intérieur, c'est ce qui m'empêche de rentrer. Elle ponctua son discours par un grand sourire, découvrant de belles dents généreuses. Elle enchaîna :

– Je savais qu'il ne fallait pas le faire, mais quand je suis seule, je donne toujours un tour de clé, j'ai peur, je crois. J'aurais dû la retirer de la serrure avant de sortir.

Je remarquai une pointe d'accent dans son élocution.

– Vous êtes en vacances ici ?

– Oh non ! J'habite ici temporairement, je suis dans un entre-deux, on m'a prêté cet appartement.

– Alors nous sommes voisines, vous voulez téléphoner, appeler un serrurier ?

Elle s'accroupit à nouveau, et inséra sa clé dans la serrure :

– Je vais essayer encore, cela m'est déjà arrivé, je devrais parvenir à repousser la clé avec celle-ci.

– Je vous laisse alors, je suis un peu en retard.

– Bien sûr, bonne journée. Et merci !

J'atteignais les escaliers quand je l'entendis s'exclamer. Elle me fit signe qu'elle avait réussi à rentrer chez elle. Je lui lâchai un sourire et entrepris de descendre, maladroite avec mes talons, les quatre étages. Très vite, elle fut sur mes pas, et nous descendîmes de concert, je sentais sa présence derrière moi. Au premier étage, elle m'interpella :

– Votre robe est déboutonnée !

Elle proposa de m'aider. Un peu prise au dépourvu, j'acceptai et m'immobilisai. Ses doigts parcoururent mon dos, son regard posé sur moi, je le devinais. La situation était étrange, se faire boutonner par une inconnue, se retrouver dans cette intimité avec une femme. Elle acheva sa tâche en me disant que la robe m'allait très bien. Je me demandais quelle était l'intention de cette remarque, un élan spontané ou une avance. Arrivée devant la porte, je la précédai puis la laissai passer, elle me salua et je la regardai partir, légère, jeune, jolie. Autour d'elle virevoltait une jupe d'un rouge vermillon cintrée haut et un peu bouffante, style années 1960, mais elle portait un tee-shirt ample très actuel qui l'ancrait bien dans notre époque, une jeune femme tendance, pensai-je, plutôt sympathique. Et je vis sa chevelure s'éloigner, brouillonne, mal domestiquée, danser le long de ses reins.

AMBRE

Septembre 2009

En bas de chez nous se trouvent une petite place pavée bordée par une église et un ancien terrain de sport reconverti en jardin odorant avec des allées d'ombres et de lilas. Des jeux pour enfants ont été aménagés dans son enceinte. L'été, en fin de journée, j'y emmenais le petit se défouler. Il régnait une ambiance de village, la cloche de l'église ponctuait les heures, les cris et l'excitation des gamins créaient un bruit de fond. J'observais les habitués, mères de famille, nourrices ou pères divorcés. Un jour, je vis avec surprise la voisine aux cheveux cuivrés pousser le portillon vert et laisser passer un petit garçon. L'enfant lui ressemblait étrangement. M'apercevant, elle vint à ma rencontre. Vêtue d'un jean serré et d'une blouse blanche aérée, elle avançait vers moi, naturelle, décontractée, souriante, ses cheveux lâchés. Elle était dépourvue d'inhibition, quelque chose de chaleureux et spontané la poussait à entrer en contact avec les gens, comme si sa nature rendait propice la rencontre.

– Bonjour, lança-t-elle (puis en désignant le banc :) je peux ?

L'enfant l'appela et elle lui répondit en anglais.

– Vous êtes anglaise ? demandai-je.

– Son Papa est anglais, répondit-elle en attrapant l'enfant dans ses bras. Moi je suis américaine, mais plus française qu'américaine, en réalité. Je m'appelle « Umber ».

J'écarquillai les yeux, elle éclata de rire en laissant entrevoir ses grandes dents qui avaient le charme d'être discrètement espacées.

– « Amber », ou « Ambre » selon le côté de l'Atlantique où je vis, précisa-t-elle.

Je lui renvoyai un sourire.

– C'est plus joli en français, vous ne trouvez pas ? Maman disait « Ambre » et Papa « Amber », mais mon père je ne l'ai pas entendu beaucoup m'appeler ainsi. J'étais petite quand il est mort, j'avais six ans…

Plus tard, je me rendrai compte qu'Ambre évoquait facilement ce père, comme s'il faisait partie intégrante de sa vie. Elle s'y référait, créait des rapprochements avec lui, alors qu'elle ne l'avait probablement que très peu connu, comme si le vide laissé par sa mort prématurée avait été comblé par une mythologie destinée à le faire exister, coûte que coûte et si possible de manière surdimensionnée. L'histoire qu'elle livrait de lui en faisait un pur produit du rêve américain brisé en plein vol. Les grands-parents paternels d'Ambre étaient des émigrés juifs d'Europe de l'Est, ils tenaient un commerce de chaussures. Leur fils grandit à Brooklyn, et se révéla être, au sein de l'entreprise familiale, dès son plus jeune âge, un génie de la vente. Il était l'unique enfant d'un mariage tardif, ses parents avaient à cœur qu'il fasse des études, pour réussir sa vie, ils se saignèrent pour lui payer l'université. Mais étudier lui parut long et fastidieux, il voulait gagner de l'argent rapidement. Après avoir, à leur grande déception, quitté l'université, il entra par la petite porte au New York Stock Exchange et gravit un à un les échelons. Son sens des affaires et son bagou le propulsèrent en quelques années au sommet de l'empire de la finance. Sa réussite fut aussi éphémère que fulgurante, il décéda à l'âge du Christ d'un infarctus foudroyant. C'était l'une des facettes du personnage, sa version édulcorée ; un soir d'ivresse et de dépression, Ambre m'avouerait que son père avait sans doute succombé aux excès de poudre, d'alcool et de femmes, qu'il avait été un magnat de la finance sans foi ni loi, qu'elle n'était pas née de l'amour d'une jeune mannequin française et du self-made-man américain, mais plus probablement d'une relation passionnelle, sexuelle, alimentée par la drogue, la soif de pouvoir de l'un et le besoin d'emprise de l'autre. Ambre aimait raconter des histoires pour enjoliver la vie, elle était une raconteuse née, je dis « raconteuse », car « menteuse » sonne comme une petite fille au menton aigu, ce qui ne lui correspondait pas du tout. Elle savait faire de beaux mensonges et dans ce terme, il y avait le rêve, la nuit, les songes, les pensées, le voyage, tout un art. L'art d'améliorer le réel : des approximations, des dissimulations, quelques inventions, tout cela avec une grande sincérité car elle finissait par adhérer à ses histoires, ce qui leur donnait un charme et presque une authenticité. Elle racontait la vie selon sa vision, ses humeurs, ses espoirs. Elle était ainsi, et on ne s'en lassait pas.

– Alors vous êtes restée ? lui dis-je. Je pensais que vous étiez de passage dans notre immeuble.

– Moi aussi je l'ai cru, fit-elle en écartant les bras comme si tout ne dépendait pas d'elle.

Elle avait cette façon de dire les choses par petits bouts, comme un hameçon lancé pour éveiller l'intérêt. Je n'osais l'interroger, mais je sentis une forme de désarroi, de solitude qui fait se rapprocher les êtres. C'est sans doute sur ce banc que nous sommes devenues amies. Absorbée par les confidences d'Ambre, je ne vis pas le soir tomber. La première fois qu'elle m'était apparue, la jeune femme avait employé cette expression « entre-deux », qui évoquait pour moi une transition. Ambre, on l'imaginait facilement en mouvement. Mais je compris, cet après-midi-là, qu'au contraire sa vie s'était immobilisée. Elle avait quitté le père de son enfant, pour un autre homme, Antoine. Mais rien ne s'était déroulé comme elle l'avait pensé, son destin lui échappait complètement. Antoine, lui, restait marié.

2 novembre 2010

A-t-elle eu peur ? A-t-elle compris qu'elle mourait ?
Que son cœur allait lâcher, que ses os se briseraient, que ses viscères exploseraient ?
Que son corps serait réduit, en éclats, particules, morceaux de chair, purée de lymphe, giclée de sang.
A-t-elle eu le temps d'avoir peur ? A-t-elle été déchirée, anéantie de me quitter, de se séparer, de savoir que même moi, je la laissais tomber ?
L'ai-je laissée ?
L'ai-je poussée ?
Est-ce moi ?

L'ATTENTE

25 avril 2010

J'avais en perspective la visite chez le gynécologue, prévue le lendemain, pour les résultats de la ponction. Je voulais être solide, présenter une résistance à toute épreuve. Mais je n'arrêtais pas de penser à ce cancer, au temps que j'avais perdu, deux mois pour faire cette ponction. Tout d'un coup, je me persuadai que durant cet intervalle ma vie s'était jouée, le cancer avait diffusé de proche en proche et s'émiettait dans tout mon corps. J'aurais aimé me réfugier dans les bras de Bertrand, dans ses bras puissants, afin de me fortifier. Mais je ne lui avais toujours rien dit. Je devais faire face seule. Il fallait absolument que je cesse de me disloquer, que je passe au travers de l'angoisse. Les enfants me faisaient mal dans cette traversée, ils étaient comme des branches, qui me retenaient et me blessaient en même temps, ils étaient une entaille, une écorchure. J'aurais voulu les garder près de moi, boire goulûment tous leurs instants, inventer des jeux, les ravir, les emporter. Je me sentais de plus en plus dépendante d'eux, le temps m'était compté. Me calmer, les laisser vivre, ne pas transpirer sur eux, voilà ce que je me répétais. Des petits voisins leur avaient proposé d'aller à la piscine, les voir partir cet après-midi-là me contrariait. J'essayai de m'abriter derrière Bertrand, avec toute l'hypocrisie dont font preuve parfois les mères :

– Tu es d'accord pour qu'ils aillent à la piscine ?

– Oui, pourquoi pas ? On sera tranquilles.

Mon visage s'assombrit :

– Tu es toujours prêt à t'en débarrasser...

– Pourquoi tu dis ça ? Ça t'embête qu'ils aillent à la piscine ? Regarde, ils sont ravis.

Alors à contrecœur, je capitulai :

– Bon... Votre père est d'accord. Les garçons, vous pouvez y aller. Vos affaires de piscine sont dans l'entrée. Appelez-moi quand vous revenez.

Ils ne perdirent pas une seconde pour déguerpir.

Oubliée, la mère sur le palier.

Oubliée, la mère qui vous regarde dévaler les escaliers.

Je refermai la porte, le cœur lourd. Les enfants me faisaient mal à la peau. Je me retournai vers Bertrand :

– Et nous, qu'est-ce qu'on va faire ?

– Je ne sais pas, dit-il en s'étirant, plein de langueur, le visage inspiré par son après-midi de liberté, lire, faire la sieste. De toute façon, ça se passe au lit. Tu vois, je ne suis pas difficile, des plaisirs simples, avec ma femme dans le lit.

Je maugréai :

– Oui, je vois que je suis assez interchangeable, ouvrir un livre ou prendre ta femme c'est un peu la même chose.

– Oh ! mais qu'est-ce que tu as aujourd'hui ? s'exclama-t-il en m'entourant de ses bras.

Je ne répondis pas. Je m'étonnai, moi aussi, de cette réflexion désagréable qui m'avait échappée. C'est vrai, il y avait quelque chose de commun entre ouvrir un livre et écarter les cuisses d'une femme. C'était le même geste. Mais pourquoi l'angoisse se transformait-elle en agressivité ? Et le départ des enfants qui s'apparentait au désœuvrement, à l'inaction, au vide, à une porte ouverte sur la terreur, je ne pouvais le formuler. Je haussai les épaules et restai muette. C'était souvent plus simple de ne rien dire.

La journée s'était écoulée longuement, j'avais beaucoup dormi pour éviter de penser. Avec le soir, le niveau d'angoisse remontait progressivement, en même temps que la nuit s'installait. L'étau se resserrait et me compressait la poitrine, m'obligeant à limiter mes gestes, à réduire l'amplitude de mes mouvements pour économiser mon souffle, mince filet de vie étranglé par la peur. J'avais réussi à préparer le repas. Mon père venait dîner. Ce soir-là, un événement d'envergure allait avoir lieu : un club français s'était qualifié en demi-finale de la Champions League. Mon père avait été convié à partager ce moment d'intimité masculine. Je m'étais absentée du repas, retranchée dans le silence. Petit à petit, la terreur se transformait en anesthésie. Mon état d'insensibilisation contrastait avec l'excitation qui avait saisi mes garçons, la joie illuminait leur visage. Bertrand les avait autorisés à regarder le match de foot. Robin et Jonas, mes aînés, avaient détalé avant le dessert pour allumer la télé. Thomas, mon petit, m'aidait gentiment à débarrasser la table, partagé entre l'envie de faire plaisir à sa Maman et celle d'imiter ses frères. Mon père et Bertrand avaient pris place depuis longtemps devant l'écran. Cris et agitation cessèrent dès que les joueurs pénétrèrent sur le terrain. Les équipes se faisaient face. La caméra, en gros plan, passait en revue les footballeurs, cadrant leur visage solennel. Cheveux décolorés, touffes hirsutes, crânes rasés, boucs, barbiches, un concentré de kitch s'était propagé à l'équipe entière, comme une épidémie de mauvais goût. Je fis une remarque ironique sur l'allure fascinante des joueurs qui trouva en écho le regard réprobateur de Bertrand et des enfants. Posée sur le canapé d'angle, je contemplais mes quatre hommes rivés à la télé, unité de tons noisette et châtaigne. Mes fils se ressemblaient, comme une déclinaison de leur père. Je mesurais combien j'étais absente de leurs traits et, en regardant Papa, je me demandais par quel mystère chromosomique nos origines se trouvaient ainsi évincées. À l'évidence, l'XY de Bertrand avait terrassé mon double X. Leurs petits pieds dodus s'échappaient de leurs pyjamas en éponge rayés qui me rappelaient ceux que je portais enfant. Chaque garçon avait sa couleur, comme un code pour les singulariser, bleu marine pour l'aîné, le cadet en violet et le petit toujours avec des couleurs plus douces, turquoise. Bertrand entourait de ses bras ses trois fils comme un géant aux ailes déployées. Tout d'un coup un « ouuaiais ! » guttural sortit de la bouche de mon père. Bertrand bondit du canapé, se figea et retomba sur son siège avec un « oooh » de dépit quand l'action échoua. Bercée par la litanie érudite des commentateurs, soulagée qu'aucune tension intellectuelle ne soit sollicitée par leurs commentaires, je me laissais capter par les silhouettes agiles, qui couraient la balle aux pieds, sur le vert parfait de la pelouse. Je promenais mon regard sur leurs cuisses fuselées et leurs fessiers musclés, touchée par la disproportion de leur anatomie ; malgré le maillot moulant, les vraisemblables séances de musculation, leur buste demeurait étrangement étroit comparé à leurs jambes. Une clameur s'éleva et les cinq se propulsèrent en même temps du divan, se congratulant, se frappant le torse, ils me firent penser à des singes. Je repliai mes jambes contre ma poitrine et enserrai mes genoux, remplie de perplexité anxieuse.

Le téléphone sonna, je m'écartai du match qui avait déjà repris après le but.

– Solveig ?

– Oui ?

– C'est Ambre.

– Oui, Ambre, tout va bien ?

– Oui. Tu as vu la lumière dehors ?

Je jetai un œil par la fenêtre.

– Non ?

– C'est la pleine lune ! Tu ne veux pas que l'on sorte ?

– Mais il fait froid, chuchotai-je.

– Pourquoi tu parles doucement ?

– Pour ne pas les déranger… Ils regardent le foot.

– Ça t'intéresse, le foot ?

– Non, pas du tout.

– Bon, ça tombe bien alors ! Solveig, c'est la pleine lune, il faut que l'on sorte, on est des êtres cosmiques ! Tu ne sens pas un vent d'excitation ?

– Heu… pas tellement…

– C'est parce que tu es trop éthérée. Il faut que tu te reconnectes aux éléments ! Crois-moi !

– Mais Jude n'est pas avec toi ?

– Non, je l'ai laissé chez un copain de l'école, j'avais besoin de temps pour moi. Comme ça, tout le monde est content ! Alors, tu viens ?

Je regardai les garçons captivés par l'écran, ignorant mon retrait du décor. L'incongruité de sa proposition me tenta comme une brèche possible dans l'angoisse, comme si la vie pouvait reprendre si je m'y faufilais.

– Mais on irait où ?

PARIS, LA NUIT

25 avril 2010

Je m'habillai lentement, regrettant presque d'avoir accepté. Une partie de moi avait envie de s'échapper et d'un autre côté, cette sortie improvisée me paraissait déraisonnable. L'angoisse m'avait éreintée, j'aurais dû aller me coucher. N'allais-je pas être épuisée demain, alors que toutes mes forces devraient être mobilisées pour faire face à la nouvelle ? L'ambivalence ralentissait mes gestes.

Bertrand leva les yeux de l'écran.

– Tu sors ?

Je hochai la tête.

– À cette heure-ci ?

Bertrand se laissait facilement troubler par l'imprévu, il était de ces êtres que le quotidien, les rituels rassurent, comme une musique de fond enveloppante dans laquelle il fait bon se mouvoir.

– Ambre m'a proposé une sortie.

Il fit une moue désapprobatrice et je vis passer sur son visage une expression qui semblait dire

« je comprends mieux, ce genre de fantaisie ne pouvait venir que d'elle ». Il appréciait Ambre pourtant, sa vitalité était contagieuse, mais il ressentait à bas bruit l'attractivité qu'elle exerçait sur moi, comme une force qui pouvait me décoller de lui. Je passai outre son assentiment, j'embrassai mon père et les enfants, claquai un baiser sur la bouche de Bertrand. Sa tentative inavouée de me retenir m'avait au contraire donné de l'élan, sans doute une revanche inconsciente contre l'organisateur de la soirée foot.

Ambre me reçut les bras grands ouverts, le sourire large, les yeux pétillants, elle me serra contre elle. Son étreinte me mit mal à l'aise, les effusions de tendresse, les démonstrations d'affection ne faisaient tellement pas partie de mon fonctionnement, mais je commençais à connaître son tempérament et quand elle était heureuse, elle le manifestait ainsi. Elle me maintint contre elle un moment et je ressentis physiquement sa chaleur. Finalement, je goûtai d'être accueillie de cette manière. J'avais pensé, au début de notre rencontre, que ces manifestations venaient d'un trait culturel, d'une mode américaine : les embrassades, l'enthousiasme, le superlatif ! Je me méfiais des superlatifs, c'étaient souvent des mots creux. Mais non, Ambre avait cette générosité de laisser sortir sa joie et son affection.

Elle me parla de l'influence de la lune sur son humeur, ses envies :

– C'est fou, non ? Que l'on soit sensible, comme les océans, à la force d'attraction de la Lune ?

– Tu sais, Ambre, dans ce domaine, rien n'a jamais vraiment été démontré. *A priori*, les comportements humains n'ont rien à voir avec les forces gravitationnelles entre la Terre et la Lune.

– Ah bon ? Et les cycles menstruels alors qui suivent le cycle lunaire, c'est un hasard aussi ?

Je souris.

– Et comment tu expliques que je ne dors jamais bien les jours de pleine lune, que je suis emballée, excitée ?

Elle avait du mal à accepter la rationalité scientifique, les raisonnements génériques, elle se posait en tant qu'individu original et n'aimait pas être ramenée à la masse. Je tentai de lui apporter une réponse satisfaisante :

– C'est vrai, j'ai lu des études sur ce phénomène. Chez certains individus, la mélatonine, l'hormone du sommeil, est produite en plus petite quantité pendant cette période et le sommeil est raccourci.

– Ah tu vois ! s'exclama-t-elle joyeuse.

C'était surtout les jeunes enfants qui étaient sensibles à ces variations, « elle a une âme d'enfant », pensai-je avec tendresse. Elle eut un petit soupir de contentement et entreprit de réajuster son maquillage. Sur sa table basse était posé un livre dont le titre m'interpella, *L'Intranquillité*. D'emblée, je me fis la réflexion que ce mot n'existait pas, et pourtant il me parlait, l'intranquillité me paraissait tellement familière. Elle était le vêtement dans lequel je glissais ma peau tous les jours. Et ces dernières semaines, comme un cran supplémentaire, elle fracturait mes nuits, pour me tenir éveillée les yeux écarquillés, le cœur en alerte et bien souvent la peur au ventre.

– Tu l'as lu ? lui demandai-je. Il est beau ce mot pour dire l'inquiétude, le doute…

Elle appliquait son rouge à lèvres, en faisant des mimiques devant sa glace :

– Tu crois ?

– Quoi ?

– Que ça veut dire ça ?

– Oui, quoi d'autre ? répondis-je étonnée.

– Eh bien, on n'est pas forcément obligé de définir l'intranquillité comme le contraire de la tranquillité, non ? Pour moi c'est un état où tous mes sens sont activés, tu vois un peu comme ce soir, où je suis ouverte, en connexion avec le monde, en résonance, une forme de nervosité mais positive ! Un état de friction, de rugosité, une pulsation, une énergie !

Pour elle, l'intranquillité se rapprochait de la vie, de l'élan vital mais elle ne le disait pas ainsi. Peut-être n'arrivait-elle pas à formuler qu'elle associait la tranquillité à la mort ? Je retournai le livre pour lire la quatrième de couverture. L'auteure avait conjugué l'intranquillité dans une version très personnelle, livrant son intimité en racontant la vie de son père, ce que cela représentait d'être sa fille et l'impact de sa mort sur sa propre histoire. Je reposai le livre, convaincue de mon hypothèse, pour Ambre, la tranquillité c'était la mort.

Ambre avait enfilé un manteau léger aux couleurs improbables, amande parsemé de broderies rouges, qui avait sur elle un chic fou. Quand elle entra dans le bar à cocktails, il s'entrebâilla, dévoilant un tee-shirt évasé qui retombait sur ses formes comme un drap sur un corps nu. Immédiatement, le regard des hommes se posait sur elle, un coup d'œil de bas en haut qui ricochait sur moi comme un dommage collatéral. Ambre semblait ne pas s'en apercevoir, tant ce regard était incorporé, habituel, naturel. Parfois la beauté des femmes pouvait être une agression, la tentation et le frein en même temps : un supplice. Mais la beauté d'Ambre ne tenait pas à distance, elle la partageait. En public, elle riait, elle jouait, elle renvoyait aux hommes l'illusion que cette femme-là, on pouvait la serrer.

Quant à moi, j'avais le charme des femmes aux yeux fatigués, celles à qui l'on prête des nuits angoissées. Mes cernes ardoisés suggéraient une fièvre rentrée. J'avais le visage très mobile, expressif, comme si les mots, les émotions que je taisais s'affichaient sur mes traits. J'étais une femme à lire. Mais les hommes se passionnaient peu pour la lecture, ils n'aimaient pas particulièrement déchiffrer, ils aimaient voir, détailler, regarder, mater.

Dans ce registre, mon principal atout était mes jambes, longues et élancées. Je portais souvent des jeans qui paraissaient juste tenir sur la crête de mes hanches, ou parfois des jupes mais toujours avec des talons, pour surenchérir sur ma taille. Plus jeune, j'avais longtemps été complexée d'être grande, mais aujourd'hui accentuer cette particularité constituait une forme d'acceptation et un peu plus encore. Dans mon esprit, les personnes petites étaient souvent hargneuses. Rehausser ma taille s'apparentait à une revendication, celle de ne pas appartenir à cette catégorie.

Après avoir bu quelques cocktails, nous étions à moitié ivres mais Ambre voulait absolument me montrer quelque chose. Nous remontâmes le canal de l'Ourcq. Sur sa partie haute, l'air montait plus frais, tandis que l'animation se raréfiait. Stalingrad se dressait devant nous. Sous le métro aérien se tenaient un SDF et dans un coin un groupe de Noirs avec un *ghetto blaster.* Tout d'un coup, juste un peu plus loin, deux femmes s'empoignèrent, la première ressemblait à une clocharde et l'autre, plus maigre, à une junkie. Je crus au début qu'elles s'étreignaient, mais elles commencèrent à s'injurier. Elles titubaient en s'attrapant, se tiraient par les cheveux. Elles perdirent l'équilibre et roulèrent par terre. Ambre se précipita pour les séparer, elle reçut un coup de pied qui l'envoya au sol. Au moment où je m'avançai pour la secourir, sortirent des fourrés une bande de jeunes, des vagabonds, des crânes rasés, qui s'interposèrent. Pour eux comme pour nous, il était insupportable de voir deux femmes se donner des coups. Ambre se remit debout sans problème et m'entraîna au-dessus de la Rotonde. Au bout de cent mètres, elle s'arrêta sur le quai et siffla entre ses doigts, un homme sortit d'une cabane, qu'elle appela Bastien. Ils se connaissaient, elle l'enlaça. J'entendis le garçon lui murmurer : « Ça fait longtemps que je ne t'ai pas vue, tu repasses après ? » Ambre eut un rire joueur, se contorsionna entre ses bras avant de se dégager de son étreinte. Bastien nous affréta une barque à moteur. C'était son métier de louer ces embarcations. Mais pour Ambre, c'était cadeau.

– Tu sais conduire cet engin ? dis-je à Ambre en grimpant dans le bateau. Elle éclata de rire.

– Pas besoin de permis !

Elle enclencha aussi sec le moteur en tirant sur une ficelle, campée sur ses deux jambes comme un marin averti. Nous étions, maintenant, bien engagées sur le canal dont la surface se parait d'éclats lumineux. Nous dépassâmes des péniches noctambules d'où s'échappaient des musiques entraînantes. Près de la Villette, le silence nous recouvrit dans une brume enveloppante, le ciel et l'eau se confondaient dans une couleur moirée striée par les projections rouges des petites constructions cubiques qui se reflétaient sur le bassin. Nous continuâmes de glisser, abandonnant la Géode et ses paillettes incandescentes, pour nous enfoncer dans le Nord-Est parisien.

Ambre arrêta notre embarcation au pied d'un édifice majestueux. Éclairé par la lune, le bâtiment prenait une teinte mauve et paraissait posé sur le canal, comme un bateau en attente d'une mission. Sa structure imposante en béton, sa géométrie, lui donnait un air militaire, mais il émanait aussi un sentiment de fragilité de son ossature, composée de deux blocs symétriques reliés par une passerelle, comme des jumeaux timides se tenant par la main. Sa surface tatouée d'éléments aux couleurs franches, primaires avait l'allure d'une fresque vivante, et les façades vitrées, explosées, ressemblaient à une dentelle urbaine. Des visages démesurés, tagués avec des bouches voluptueuses et des yeux proéminents, nous donnaient l'impression d'être observées par un monde féerique, gigantesque.

– Viens ! s'écria Ambre en me tendant la main, pour m'aider à monter sur le quai.

– Où sommes-nous, Ambre ?

– Les Magasins généraux, tu n'es jamais venue ?

– Non, jamais.

– C'est un endroit incroyable, tu vas voir, je voulais te le faire connaître.

Elle poussa une porte en tôle et nous nous retrouvâmes à l'intérieur du bâtiment. Le vent s'engouffrait dans un sifflement à travers les vitres brisées, des centaines de cartouches de peinture roulaient au sol dans un bruit métallique. Les murs étaient peints d'une multitude de graffitis qui se recouvraient les uns les autres, comme s'ils s'étaient bagarrés pour exister, pour s'imposer aux yeux du monde, en lettres bigarrées. Des peintures exécutées à hauteur d'homme s'étalaient sur des dizaines de mètres. Ambre m'expliqua :

– Pour recouvrir ces murs en entier, il a fallu s'associer, les tagueurs qui venaient au départ en solo se sont réunis en équipe. C'était quelque chose de nouveau, à l'époque.

– On dirait un musée vivant…

– Oui. Mais tout est éphémère ici. Quand tu inscris un graff, tu sais que sa durée de vie est limitée, bientôt il sera recouvert par un autre. Et si malgré tout, il arrive à survivre, un jour ou l'autre, les travaux reprendront et toutes ces peintures seront englouties sous des masses de ciment. C'est ce qui rend belle et pure cette démarche.

– Comment as-tu connu ce lieu ?

– Il a fait partie de ma vie. J'y ai même un peu vécu, à l'époque. On s'installait des jours entiers et on repartait quand la fresque était terminée.

Elle avançait dans les gravats et balaya avec la lumière de son téléphone un pan de mur.

– Regarde, tu vois cette bête ?

Un insecte géant était dessiné en noir sur la façade en brique. Elle se retourna et éclaira une vitre où un animal similaire semblait ramper, et encore le même motif sur un tuyau d'acier comme si l'insecte pouvait se développer sur n'importe quel matériau.

– C'est la signature de l'homme avec qui je vivais alors, un graffeur assez connu.

Les graffitis se déployaient sur le ciment, débordaient sur la tôle, explosaient sur les vitrages, les tagueurs avaient joué de ces différentes surfaces, inspirés par ces variations de matières. Les fresques paraissaient vivantes, en relief, organiques.

– On a occupé beaucoup de lieux, des chantiers, des terrains vagues à Stalingrad, à Montreuil, mais quand on a découvert celui-ci, c'était l'euphorie. Tu as vu cet espace ?

Les pièces s'enchaînaient, délabrées, colorées, des fils électriques pendaient des plafonds comme des veines mises à nu. La tôle côtoyait la brique, le ciment. Des coursives et des passerelles s'échappaient du bâtiment et créaient des balcons suspendus au-dessus du canal. Nous déambulions dans ce lieu insolite, tantôt éclairées par des néons artisanaux, tantôt plongées dans le noir. Nous arrivâmes dans une zone barrée par une porte d'acier infranchissable d'où s'échappait une puanteur indescriptible. Ambre m'attrapa par la manche.

– Il ne faut pas rester là. C'est les chiottes des SDF. Ils ne doivent pas être loin, on n'est pas seules ici.

À ces mots, nous entendîmes des portes grincer et des pas se rapprocher. Nous partîmes en courant, Ambre me guida. Nous empruntâmes un escalier en colimaçon qui bordait une façade extérieure pour nous retrouver sur le quai, à une centaine de mètres de notre barque. Ambre allongeait les foulées légères, aériennes pour nous ramener au plus vite, pour déguerpir par le canal, j'étais essoufflée, apeurée, mais au fond tellement heureuse d'être là, dans ce frisson de vie, dans cette intensité.

LE STÉRILET

26 avril 2010

Le cancérologue était un gynécologue. La radiologue l'avait recommandé. Il travaillait dans mon hôpital. Cela me contrariait. Être soignante et soignée dans la même institution me plongeait dans des rôles inconciliables.

Que savait-il du monde des femmes, cet homme qui avait choisi de se consacrer à l'organisme féminin, à son appareil de reproduction ? Une trompe, un ovaire, un utérus, quelle représentation s'en faisait-il ? Et un vagin, et des seins ? Que pouvait-il comprendre aux humeurs, aux hormones, cet être monocyclique, testostéronément défini ? Et il avait bifurqué vers le cancer, comme s'il existait un pont évident entre le féminin, la maternité et ces sales cellules malignes, proliférantes, destructrices ?

« Vous êtes une aberration, un paradoxe ambulant. » Voilà ce que j'aurais voulu lui dire, à lui, à son teint glabre, à sa blouse immaculée, j'aurais voulu lui couper la parole et autre chose. Cet intrus, ce provocateur dans le pauvre monde sinistré des femmes malades. Oui, ne pas le laisser parler, ce mauvais messager, cet homme dont les mots anéantissent.

– Madame Vannier ?

Sa voix s'était perdue, dans un brouillard sonore, dans le chuintement de mes pensées angoissées. « Allez-y, allez-y, dites-le vite, finissons-en. » Et que me disait-il ? Qu'il avait fait ses études avec Bertrand ? Ses erreurs de parcours… Sa jeunesse ratée…

Il parlait, il parlait, de qui, de LUI ? Je ne pouvais supporter plus longtemps sa logorrhée nostalgique. Abruptement je l'interrompis :

– Vous savez pourquoi je suis ici ?

Je vis ses yeux s'écarquiller, sa bouche se crisper.

– Oui, bien sûr.

Il a tenté un sourire mal à l'aise.

– Voilà votre dossier. Nous venons de recevoir les résultats de votre ponction. C'est étonnant. Vous avez une sorte de tumeur hormonale, ce n'est pas exactement un adénofibrome, mais c'est très bien différencié.

– C'est bénin, alors ?

– Ah oui bien sûr ! Vous étiez inquiète ?

– Oui un peu, enfin, beaucoup. Forcément. Avec ma mère et ma sœur.

– Quand on m'a montré vos images, je ne l'étais pas, mais compte tenu de vos antécédents, il était plus prudent de faire la ponction.

– Ah oui ? Je regrette que nous n'ayons pas pu nous rencontrer avant… Ces deux derniers mois ont été… un cauchemar.

– Vraiment ? Vous n'auriez pas dû rester comme ça. Pourquoi ne pas m'avoir appelé ? Bertrand ne vous a pas dit que nous étions amis ?

– Si. Enfin non. Pour être honnête, je ne lui en ai pas parlé. Je ne sais pas ce qui m'a pris, je me suis persuadée que j'étais condamnée, j'ai fait une équation entre anomalie et cancer. Je n'ai pas pu penser autre chose.

– Vous êtes d'un tempérament anxieux, peut-être ?

– Oui, plutôt… Et puis… j'ai accompagné ma mère et ma sœur, j'ai cru que c'était mon tour…

– Oui évidemment, je comprends. Et être médecin, ça n'aide pas non plus, on pense toujours au pire !

– Oui, j'ai vraiment cru que…

– C'est fini maintenant, vous êtes rassurée ?

– Je crois…

Le gynécologue parcourait mon dossier la mine concentrée. J'étais exténuée, tant le niveau de stress avait été élevé, et je savourais ces quelques minutes de silence pour récupérer.

– Vous prenez la pilule ?

– Non, j'ai un stérilet.

– Un stérilet avec hormones ?

– Ah non, c'est trop violent, déjà le stérilet…

– Violent, c'est curieux comme terme ?

« Tiens, un gynécologue qui s'intéresse aux mots, qui se pose des questions. » Il devenait sympathique. Il me prit l'envie fantaisiste de lui dire des choses de femme.

– C'est le principe du stérilet que je trouve violent. L'idée qu'un corps étranger, métallique de surcroît, empêche un enfant de s'accrocher dans l'utérus, cette bataille perdue d'avance entre un embryon et un morceau de cuivre, oui c'est assez violent de choisir comme moyen de contraception une tige en métal qui embroche un petit œuf, un début de vie. Et l'invention du stérilet aux hormones, c'est quelque chose quand même ! Comme si cela ne suffisait pas, on ajoute des hormones pour détruire la muqueuse, la paroi utérine, pour qu'il n'y ait aucune nidation possible. Je ne sais pas vous, mais moi je m'imagine une muqueuse comme un édredon douillet, bien épais, bien moelleux, et après, avec les hormones, ça devient quoi, une surface abrasée ?

– Évidemment, vu sous cet angle, moi aussi, cela me donne des frissons. Pourquoi l'utiliser alors ?

– Oh… Je ne suis pas trop pour la pilule. J'aime bien mes hormones, elles pulsent ma vie. Vous savez qu'en période d'ovulation je suis très, très en forme, incroyablement ! Même du point de vue du désir… Sous pilule, la libido, c'est très différent. Qui a envie de se priver de cela ?

– Hum… En tous les cas, c'est assez inhabituel de faire ce type de tumeur. Je vais vous prescrire une prise de sang tout de même pour vérifier votre imprégnation hormonale, cela ne vous embête pas ?

Je le laissai faire son enquête biologique. Est-ce que cela ne faisait pas partie de son travail, de se poser des questions, d'essayer de trouver des explications rationnelles aux choses surprenantes de la nature, aux pathologies qui remettent en cause le savoir ? N'était-ce pas ainsi que la science avançait ? Lorsque l'infirmière piqua mon bras, j'étais soulagée. Une vague de chaleur envahit mon corps, mais au fond de moi, je sentis une pointe, une pointe d'atermoiement. Je repensais à ma conversation avec le médecin, avais-je des regrets de m'être laissée emporter par l'anxiété ? Ma conversation sur mon statut hormonal n'était-elle pas déplacée ? Et cette sortie sur le stérilet ! J'avais un peu honte. Il avait dit : « Pourquoi l'utiliser ? » Oui, c'était cela la vraie question. Quelle violence, finalement, fallait-il se faire à soi-même pour ne pas avoir d'enfant. Quelle violence, tout court, pour une femme, de ne pas vouloir d'enfant ? Est-ce que ma honte venait de là ou de ma conduite inappropriée avec le gynécologue ? Finalement, je chassai ces pensées, une seule chose comptait, ma vie n'était plus menacée.

UNE FLEUR ÉPHÉMÈRE

27 avril 2010

Je n'en revenais pas de m'être enfermée dans cette conviction macabre. La rationalité m'avait fait défaut et seul le scénario du cancer s'était imposé. J'aurais dû parler à Bertrand, il m'aurait raisonnée et ramenée à la réalité. Je n'avais pas réussi à lui dire ma peur. Je ne voulais pas qu'il me voie ainsi, folle d'angoisse. M'aurait-il comprise ? J'avais préféré me cacher. Et aussi le protéger. J'avais quarante-trois ans et ma sœur était morte alors qu'elle venait à peine de dépasser la quarantaine. Maintenant que l'étau se desserrait, je parvenais à repenser à elle. Ces dernières semaines, je ne pouvais plus évoquer le passé. Ce passé lourd de morts précoces, celle de Maman et puis la sienne. Impossible aussi de me projeter dans l'avenir. Je venais de vivre l'expérience d'un présent qui s'éternise, au point de brûler et de donner envie de s'y soustraire. Habituellement, selon mon humeur, j'oscillais entre glisser en arrière, ériger un autel au passé – ma nostalgie est pleine de mauvaise foi – ou à l'opposé rouler vers l'avant dans un insatiable désir de projections. Souvent je m'interrogeais sur cette difficulté à trouver un équilibre simplement dans le présent.

J'avais perdu Anna deux ans auparavant. Nous n'avions, jusque-là, jamais été proches. Elle était mon aînée. Une année à peine séparait mon frère d'Anna. Je naissais cinq ans plus tard, alors que l'équilibre familial s'organisait autour de ce duo. D'une certaine manière, Anna ne s'en était jamais remise. Dès que je fis irruption dans sa vie, elle présenta des ennuis de santé, une scarlatine dont elle garda pendant de nombreuses années un rhumatisme articulaire qui lui vola bien des moments d'insouciance. Elle restait souvent confinée à la maison, étroitement attachée à ma mère, dans l'impossibilité de se séparer d'elle ou tout simplement de la partager. Enfant calme, renfermée, elle s'appliquait à l'école, l'excellence de ses bulletins faisait la fierté de nos parents. Elle était une petite fille sans joie, vulnérable, qu'il fallait protéger. Aussi ai-je toujours eu l'impression d'être plus âgée qu'elle. Nos rapports étaient inversés. Obligée de me débrouiller seule, je poussais comme une liane sauvage, avec pour modèle un frère éloigné que je trouvais fort et enviable mais qui ne me considérait pas, trop petite pour être une partenaire de jeu, et pas assez chétive pour capter son affection. Par mimétisme, j'adoptais des postures de garçon manqué, qu'il ne remarquait pas, mais qui avaient le chic d'exaspérer ma mère.

Il fallait être sage pour ne pas la distraire des soins qu'elle devait prodiguer à sa fille. Petit à petit, je rentrai cette énergie bouillonnante qui déplaisait tant à ma mère et laissait mon frère indifférent, pour développer un monde intérieur, plein de travées et de passages secrets, un labyrinthe où seule je me retrouvais. Je devins solitaire et autonome. À l'adolescence, ma sœur développa une anorexie, ce qui la rapprocha encore de Maman. Puis les études de médecine convinrent bien à son tempérament perfectionniste et exigeant. Elle ne rencontra pas d'homme, fit une carrière brillante. Parfois je me dis qu'Anna ressemblait à une fleur éphémère, elle en avait la grâce avec son corps de danseuse classique, une fleur pâle et triste dont l'involution aurait débuté avec mon arrivée sur terre. Peut-être est-ce la culpabilité qui me fait parler ainsi ? Il y a des culpabilités qui vous collent à la peau dès la naissance.

Quand elle apprit le cancer de Maman, Anna en fut pétrifiée, c'est l'expression qui me vient. À compter de ce jour, son allure se raidit, ses traits se figèrent, elle paraissait sidérée. Elle parvenait à s'animer uniquement au contact de Maman, dans le soin. Elle s'en occupa beaucoup. J'essayai maladroitement de me hisser auprès de ma mère, mais il n'y avait pas d'espace, elles faisaient corps toutes les deux, la fille devenait la mère et inversement dans une interdépendance infranchissable. Je restai de côté, spectatrice impuissante de la maladie et de leur relation fusionnelle. Quand Maman partit, un masque sans vie s'installa sur le visage d'Anna et elle présenta à son tour, peu de temps après, les premiers signes d'un cancer du sein, comme si elle n'avait eu d'autre issue que de tomber à son tour malade. J'essayai de la retenir, mais son existence était devenue presque liquide, elle glissait entre mes doigts. Réalisant qu'il ne me resterait bientôt plus rien d'elle, je décidai de lui consacrer tous mes samedis. Et je fis sa connaissance.

Le temps de sa maladie dura deux ans avant que le cancer ne l'habite complètement. Il aura fallu quarante ans et peut-être la mort de ma mère pour que nous devenions sœurs.

Souvent je pense à Anna, comme à un songe que j'aurais effleuré ; je l'ai à peine approchée et elle a disparu. Pour ne pas ressentir la tristesse de l'avoir si mal connue, je l'imagine telle qu'elle m'est apparue durant ces deux années et j'essaie d'inventer la suite ou alors, au contraire, de reconstituer ce que j'ai manqué d'elle.

JASON

28 avril 2010

Après la visite chez le gynécologue, dans les jours qui suivirent, je sentis revenir la couleur, cela se manifestait par un bouillonnement intérieur, une effusion de joie. Et maintenant que j'étais soulagée, la vie reprenait ses droits et exigeait de pouvoir s'épandre. C'est à Ambre que je racontai ces semaines de tension, les mots, rares chez moi, étaient sortis à l'improviste dans le flux de la vie retrouvée :

– Tu es incroyable, Solveig ! Pourquoi ne m'as-tu rien dit ? Tu as traversé ça toute seule ? Bertrand ne sait rien non plus ?

Elle n'arrêtait pas de répéter en boucle :

– Je n'arrive pas à y croire ! Pourquoi tu ne m'en as pas parlé ?!

Elle secouait la tête en m'engueulant.

De mon côté, je ne répondais pas, je me promenais dans son appartement, je regardais ses étagères, ses livres, ses photos, sa réprobation se perdait dans un fond sonore. Pour changer de sujet, je demandai :

– Le petit n'est pas là ?

– Il est avec son père.

– Je croyais que tu l'avais pour les vacances de Pâques ?

– Avec Jason, tu sais... C'est toujours un peu comme il veut. Il aime son fils mais il est père quand il le décide, quand ça l'arrange. Il a souhaité le prendre, je n'ai pas pu refuser. Tu sais, Jude, il est fou de lui, parce qu'il est souvent absent mais quand Jason est là, il est vraiment là. Il joue, il l'emmène, il lui parle.

Ambre, quand elle se mettait à parler, pouvait ne plus s'arrêter ; les réprimandes à mon endroit étaient balayées maintenant qu'elle était lancée sur Jason, son fils, sa vie :

– Il est magnétique, tu n'as pas idée ! Il a toujours été ainsi. Parfois les pères se révèlent uniquement au moment de la séparation. Mais Jason, ce n'est pas son cas.

Elle s'approcha de moi et attrapa un cadre sur la bibliothèque.

– Regarde cette photo, il a une passion pour son fils, ça se voit, non ? Mais il faut que Jude rentre bien dans sa vie, dans son emploi du temps, comme un petit cube dans sa construction.

J'ébauchai un sourire silencieux.

– Oui, je sais ! Tu penses que je le vois encore comme un édifice !

Je secouai la tête et rectifiai :

– Non, je crois que c'est lui, en fait, qui se voit comme cela.

Elle sembla interpellée par ma remarque et eut une moue de satisfaction. Je me demandais quelle brèche j'avais ouverte pour pousser Ambre à parler ainsi de Jason. Je réalisai qu'elle venait sans doute de le voir. Être en contact avec lui la remuait toujours. Ils étaient séparés depuis moins d'un an. « Séparés » n'était pas le mot approprié, il n'y avait pas eu de fracture entre eux, pas de colère, pas de silence, d'une certaine manière Jason restait dans sa vie par intermittence, il faisait des apparitions, souvent imprévisibles, pour se rappeler à elle, je pense qu'il attendait une occasion pour la récupérer. Il la convoitait comme un animal rusé, tapi derrière les hautes herbes. Mais un animal fier qui n'affiche pas ses intentions, qui se contente d'apparaître, de parader, pour faire renaître les sentiments qu'elle avait pour lui. Ils s'étaient rencontrés à la fin de leurs études. Jason était la coqueluche d'une école de mode très réputée qu'ils fréquentaient. Après leur formation, Jason, sorti premier, avait arpenté les maisons de haute couture, tandis qu'Ambre travaillait comme modéliste, pour une chaîne de prêt-à-porter. Au bout de quelques années de vie commune, Jason avait voulu développer sa propre marque et ils s'étaient associés. Leur duo synergique avait du succès, leur enseigne devint très vite à la mode. Puis Jude était né, il avait fallu tout gérer en même temps. Et travailler et vivre avec Jason s'était révélé difficile.

Ambre ne s'étendait pas beaucoup sur cette période de sa vie. Les choses s'étaient précipitées avec l'arrivée de cet autre homme, Antoine, elle manquait sans doute de recul sur tout cela. De mon côté, j'avais le sentiment qu'elle était passée de l'influence de Jason à celle d'Antoine en un rien de temps. Cela me stupéfiait, surtout avec un enfant au milieu. Mais j'avais compris qu'Ambre présentait une fragilité axiale, un défaut de fermeté qui lui rendait difficile la poursuite d'une trajectoire, Ambre était instable et influençable. Cette fragilité me touchait. Avant de la rencontrer, je n'avais pas eu d'amie véritable, je ne m'étais pas liée, trop sauvage, trop solitaire pour cela. J'arborais sans doute une réserve qui maintenait à distance. J'avais consacré beaucoup de temps et d'années à travailler aussi, après il y avait eu Bertrand et les enfants. Ambre, avec son élan, avait fait irruption dans ma vie et bousculé ces espaces de protection que je dressais involontairement autour de moi. Je crois que la perte d'Anna avait créé une brisure, j'étais prête à l'inédit, à faire mes premiers pas dans l'amitié. Comme une débutante sur une piste de danse, la seule mélodie qui m'était familière, que j'avais apprise toute petite, c'était protéger. La vulnérabilité d'Ambre m'attendrissait, pourtant elle était une force aussi, une force élastique qui lui donnait de grandes capacités d'adaptation. Intuitive et chaleureuse, Ambre avait une aisance sociale et un sens du relationnel hors du commun qui me fascinaient, j'admirais ces qualités chez elle.

– Il n'y a pas qu'avec Jude qu'il est comme ça, c'était pareil avec moi !

Ambre parlait toujours de Jason avec animation, il était aujourd'hui devenu une espèce de star dans une maison de haute couture parisienne.

– C'est pareil avec tout le monde en fait ! Il disparaît, il est dans son truc, aspiré, il n'y a que ses projets qui comptent et quand il veut que tu sois là, avec lui, il t'investit : tout d'un coup, tu deviens la personne la plus précieuse au monde !

Elle l'évoquait en souriant. J'aimais bien les histoires d'Ambre et je crois que mon silence attentif l'encourageait à s'épancher.

– Tu vois, c'est comme s'il avait un projecteur braqué sur lui en permanence, il est lumineux, irrésistible, il éclaire, lui, son monde, ses trouvailles, ses idées, ses projets, mais autour, c'est la pénombre, parce que son monde est tellement attrayant, que tu finis par penser… qu'il est brillant et que tu es l'ombre… Et tout d'un coup, clac ! Il braque la lumière sur toi, et tu es une déesse et sans toi, il ne peut pas vivre ! C'est comme une vague, il t'emporte, te submerge, et après il se retire : le ressac ! Ce va-et-vient, ces mouvements incessants, ça m'a usée, Solveig, changer de statut comme cela en permanence. À certains moments je me sentais pleine, prolifique, et puis après, plus rien, une poussière, un grain de rien, je te dis, un grain de sable ! Un désert ! Oui, c'était cela que je ressentais : un désert aride, craquelé. Quand je le lui disais, il me faisait l'amour, comme un fou, pour m'irriguer, pour me remplir ! Tu vois, il pensait qu'il pouvait tout combler ! C'était peut-être de ma faute, dit-elle en secouant la tête, j'aurais dû mettre une digue, me protéger, être une entité indépendante de lui.

Elle était presque rentrée dans un espace intérieur où elle discutait avec elle-même, je devenais à force de silence sans doute transparente. Mais elle s'en rendit compte et me reprit à témoin :

– Mais ce n'était pas facile ! On travaillait ensemble ! Il prenait toute la place ! J'avais de l'admiration pour lui, tu comprends ? Alors je lui faisais confiance, et lui ne faisait rien pour me faire grandir, tout allait bien pour lui. Il avait toute latitude pour développer ses idées, je l'aimais, je le soutenais, j'étais là, il pouvait tout lâcher : sa créativité, ses impulsions, son talent. Tu n'as jamais remarqué ? Tous ceux qui créent ont besoin de quelqu'un comme ce que j'étais pour lui : une rustine !

– Une rustine ?

– Une rustine parce qu'il avait un trou.

– Un trou ? Le trou, c'est féminin ?

Elle éclata de rire :

– Tu as raison, le trou, c'est féminin. Mais il était féminin, son narcissisme était féminin, ce besoin d'être aimé, adulé. Alors oui, un trou virtuel, un trou qui menace que tout se vide, d'un coup ! La grandeur, la plénitude, tout cela réduit à rien, comme ça ! (Et elle claqua des doigts.) Le trou, c'était sa grande peur, tapie, cachée au fond de lui. J'ai vu ça de près, tu sais ? Ses effondrements : le même homme, génial, mégalo et tout à coup l'anéantissement, il se vidait. Mon rôle, c'était de colmater cette brèche, par mon amour, mon admiration. Une rustine, je te dis ! En fait, j'étais essentielle, je ne l'avais pas compris alors ! Parce qu'à partir du moment où je remplissais parfaitement cette fonction, il pouvait gonfler, se dilater, s'épandre, être lui dans toutes ses dimensions. Et c'est ce qui s'est passé. Avec moi, il a connu le succès, tu sais ! C'était Byzance, ça marchait bien, on a eu de beaux moments, dit-elle comme si elle regardait en elle, en arrière dans le film de ses souvenirs.

Il n'y avait pas d'amertume dans ses propos. Non, Ambre ne cultivait pas ce genre de sentiment. Sa vie était une succession de strates, d'histoires et d'amours, et aucune n'effaçait la précédente, elle empilait ses vies. Les étapes et les souvenirs se mélangeaient, elle était faite de tout cela, de toute cette richesse, parce qu'elle ne reniait rien, parce qu'elle acceptait tout, tout ce qu'elle avait été, ses choix, ses décisions, ses contradictions, ses fragilités, elle avait cette épaisseur qui donnait envie de l'approcher. En réalité, elle était comme les tissus qu'elle travaillait, un maillage, un mélange. Une matière, belle, divinement belle.

DISPUTE

29 avril 2010

Dès le retour de Bertrand, je sentis une tension chez lui, sa façon d'entrer dans la maison en coup de vent, de pousser la porte comme s'il allait la brutaliser, de laisser tomber sa sacoche au lieu de la poser. Il s'approcha pour m'embrasser, le visage fermé, les yeux baissés.

– Tu as passé une mauvaise journée ?

– Pas terrible, oui !

Je me tendis vers lui pour l'immobiliser dans une étreinte, mais je ne parvins pas à l'attraper, après un baiser furtif, il se détourna pour compulser le courrier. Je repris ma lecture, puisque manifestement je ne pouvais pas faire grand-chose pour le détendre. Un peu plus tard, alors que j'étais en train de faire la cuisine, je l'entendis pester contre le désordre dans la maison. À la naissance des enfants, j'avais décidé de contrôler l'inflation des heures passées à l'hôpital, lui continuait de travailler énormément. Insensiblement, la répartition des tâches s'était modifiée et implicitement il allait de soi que je m'occupais de l'intérieur.

– Solveig, tu n'as pas vu mon livre ?

– Lequel ?

– Celui que je lisais hier soir, je ne comprends pas, je l'avais laissé sur ma table de nuit.

– Il devrait y être, je n'ai pas rangé la chambre aujourd'hui.

– Oui j'avais remarqué…

– …

– Ça m'énerve, Solveig ! Je travaille toute la journée, j'ai envie de me détendre et je ne peux pas mettre la main sur mes affaires !

– Tu as bien cherché ? Il ne devrait pas être trop loin quand même…

– Non, mais tu as vu la chambre ! J'ai trouvé les gosses en train de sauter sur notre lit ! Leurs jouets sont partout dans le salon, et maintenant même notre chambre est envahie ! C'est NOTRE chambre quand même ! Ils ne peuvent pas coloniser tous les espaces ! Ils sont tout le temps dans notre lit ! Pour regarder la télé, pour dessiner, pour manger ! Tu trouves ça normal ? Notre lit ?

Et il était reparti en maugréant. Maintenant, dans l'autre partie de l'appartement, il s'en prenait aux garçons :

– J'en ai ras le bol ! Sortez d'ici maintenant ! Vous allez ranger vos affaires dans votre chambre, ici c'est la chambre de Papa et Maman !

Puis il s'était lancé dans une frénésie de rangement, toujours à la recherche de son livre. Je passai la tête et le vis penché sous le lit. Je retournai préparer le repas.

Je distinguai ses allées et venues énervées, le froissement des journaux qu'il triait, le déplacement du lit qu'il remettait à sa place. Tout d'un coup, le silence se fit pendant une dizaine de minutes, puis il déboula dans la cuisine, livide, tenant à la main une pochette à l'effigie du centre de radiologie : la mammographie.

– Qu'est-ce que c'est que ça, Solveig ?

Je pris un air dégagé :

– Eh bien des radios, on dirait ?

– Tu te fous de moi ?

– Comment ça ?

– C'est une mammographie qui dit que tu es suspecte d'avoir un putain de cancer !

– Mais calme-toi ! Si tu as fouillé dans mes affaires, tu as vu le résultat de la ponction et évidemment que je n'ai pas de cancer !

– Solveig !

Il m'attrapa par les épaules, pour m'obliger à le regarder en face.

– C'est un compte rendu de mammographie qui date du mois de février ! Et on est presque au mois de mai ! Tu comptais m'en parler quand au juste ?

Je détournai les yeux et j'eus un petit rire comme les enfants pris en faute sur le vif.

– Ça te fait rire ?

– Mais non ! Mais où est le problème puisque je n'ai PAS de cancer !

– Tu ne vois pas où est le problème ? ?

– …

– Mais je suis quoi moi pour toi ? Si quand tu traverses un truc pareil, tu ne m'en parles même pas ?! C'est quoi ton sens du partage ? On partage le loyer, c'est ça ? Les courses ? La charge des enfants ? On est quoi nous ? Des colocataires ou un couple ?

– Arrête, tu exagères ! Depuis que tu es entré, tu es de mauvaise humeur…

– J'exagère ? Il s'est écoulé plus de deux mois entre la mammographie et les résultats de la ponction, et pendant tout ce temps, tu ne m'as rien dit ? Tu as gardé ça pour toi ?

– Mais à quoi bon t'alerter tant que je n'étais sûre de rien ! Et pourquoi t'en parler après, puisque le risque était passé !

– Non, mais je rêve ! (Il était vraiment furieux.) Solveig, tu me rends dingue là ! Il ne t'est pas venu à l'esprit que je puisse être un soutien pour toi ! Un réconfort ! Qu'est-ce que l'on fait ensemble ? Si, quand tu as un problème, tu ne peux même pas envisager de m'en parler, même pas penser que je puisse t'épauler ?

J'ai lâché d'un trait :

– J'ai voulu te protéger !

– Me protéger ! Mais je ne suis pas en sucre, Solveig ! Je ne suis pas un enfant ! Tu n'as pas suffisamment confiance en moi pour imaginer que je puisse faire face à tes côtés ?

Je le regardai, interdite.

– Que tu puisses vivre un truc pareil sans m'en parler, ça me fout en l'air, Solveig !

ASSEYEZ-VOUS

30 avril 2010

La secrétaire du gynécologue avait téléphoné. « Passez le voir ce matin à sa consultation, il vous prendra entre deux, il a reçu l'ensemble de vos analyses. »

Je n'aimais pas ces convocations au pied levé. Qu'est-ce que cela voulait dire ? « Entre deux, tu parles ! », cela faisait une heure que j'attendais sur un strapontin dans une salle qui n'avait rien d'une salle d'attente, aucune confidentialité, aucun confort. Je ne supportais pas, tout simplement, d'être la patiente. Patienter, être à la merci du système hospitalier, de sa désorganisation, d'un médecin qui ne gère pas sa consultation, qui arrive en retard. Je regardai ma montre, à l'autre bout de l'hôpital ma propre consultation m'attendait ! Je me manifestai à l'accueil, la secrétaire convint qu'elle avait omis de signaler ma présence !

Le gynécologue vint s'excuser. Il me fit entrer dans son box de consultation, en m'entourant l'épaule avec son bras. Je connaissais la gestuelle, pourquoi m'enveloppait-il ?

De quoi voulait-il me protéger ? Qu'avait-il à m'annoncer ?

– Asseyez-vous, asseyez-vous.

Craignait-il que je m'effondre ?

Il se racla la gorge. Je n'avais toujours pas décoché un mot, je lançai :

– De quoi s'agit-il exactement ?

– Voilà, je vous ai demandé de passer, car j'ai un résultat à vous communiquer.

– C'est l'anapath définitive de la tumeur, elle n'est pas bonne c'est ça ?

– Non, non, pas du tout, Solveig ! Je peux vous appeler Solveig ?

Je n'en avais aucune envie mais avais-je le choix ? Je hochai la tête.

– Solveig, vous attendez un enfant.

– Un enfant ?

– Oui, vous êtes enceinte de presque trois mois.

– Mais ? J'ai un stérilet ?

– Cela arrive…

– Enceinte à 43 ans sous stérilet !

Il acquiesça.

– Je n'en reviens pas ! m'exclamai-je.

– C'est compréhensible.

Je repris :

– Vous êtes sûr ?

– Il n'y a pas de doute, Solveig.

– Je ne comprends pas, j'ai eu mes règles ? Trois mois vous dites ? C'est impossible !

– Vous avez eu vos règles normalement ?

– Le mois dernier non, mais j'étais en pleine angoisse avec la ponction, j'ai pensé que c'était ça qui m'avait perturbée... Mais en février, oui ! J'en suis certaine !

– Ce devait être un saignement d'insertion du placenta, cela survient souvent en début de grossesse.

– C'est incroyable ! Excusez-moi, je ne m'attendais pas du tout à cela.

– Oui, je comprends. Vous souvenez-vous de la date de vos règles en janvier ?

Je réfléchis, je me repérai par rapport à la date de la mammographie, c'était comme si le calendrier avait été découpé par cette actualité autour de la tumeur du sein, et donc tout était très précis dans mon esprit.

– Le 15 janvier.

Il prit une réglette circulaire.

– Eh bien, si l'on se fie à cette date et à vos taux hormonaux, je pense pouvoir vous dire que ce bébé arrivera autour du 1er novembre.

C'est idiot, mais tout de suite, j'ai pensé « pour la fête des Morts ». Je me suis reprise aussitôt, comment pouvais-je associer cette nouvelle, certes qui me bousculait, avec une idée aussi morbide !

C'est qu'à aucun moment, il n'avait été abordé de garder ou pas cet enfant !

– Trois mois..., je répétai sans y croire.

Évidemment, à ce terme, cela ne se discutait plus.

– Voilà, dit le gynécologue en reculant son siège, ce qui voulait dire qu'il était temps d'abréger notre entrevue. Prenez rendez-vous pour la première échographie, ne perdez pas de temps.

Je sortis en tenant mon ventre, comme si je voulais me pénétrer de cette nouvelle. Comme si je voulais soupeser cet être qui s'était incrusté en moi, envers et contre tout, contre vents et marées. Miracle de la nature, un enfant qui défiait les lois de l'âge, de la fertilité, qui luttait et l'emportait contre un stérilet, bref qui s'opposait à toutes les volontés pour s'installer ici au creux de mon ventre, à mon insu, à l'insu de tous, qui n'en faisait déjà qu'à sa tête, quelle opiniâtreté ! Je l'aimais déjà, rien que pour ça ! Un bébé qui s'annonçait par une tumeur dans le sein, comme un sale cancer, qui me faisait craindre le pire, qui me décomposait pendant trois mois et qui, pendant ce moment de faiblesse, s'établissait, prenait ses aises, l'air de rien, mais solidement jusqu'à devenir indélogeable. Joli coup ! Et quel pied de nez, je pensais que j'allais y passer, et tout s'inversait, j'étais mère à nouveau !

Quatre enfants ! Frissons, vertiges !

Peut-être une fille ? Et Bertrand, comment allait-il réagir ?

On ne refuse pas un enfant qui vient ?

LES PENTES NÉGATIVES

12 mai 2010

Je ne parlais à personne de l'enfant. Je ne percevais pas sa présence physique. Mon corps n'avait pas changé. L'enfant n'était qu'une idée. Je ressentais le besoin de m'isoler pour faire mienne cette nouvelle. Petit à petit, je m'habituais à cette réalité qui faisait naître à la fois une douce euphorie et un peu d'inquiétude. Bertrand avait cinquante ans. Nous nous étions rencontrés tard. Nos premières années de vie ensemble, nous les avions consacrées à construire notre famille. Il aspirait à plus d'indépendance maintenant que les garçons grandissaient. J'hésitais à me confier à Ambre que je devais retrouver ce jour-là pour aller voir une exposition, mais elle ne vint pas à notre rendez-vous. En rentrant, je frappai à tout hasard chez elle. La porte s'ouvrit lentement, Ambre passa la tête dans l'entrebâillement, son teint était terne comme du mastic.

– Ah mais tu es là ? m'étonnai-je.

– Oui.

Son visage paraissait éteint, sa voix sourde.

– Comme on devait se voir, je me suis inquiétée.

– Il ne fallait pas. J'ai oublié, tu vois...

Elle s'écarta et j'aperçus son appartement dans un désordre indescriptible.

– Tu n'as pas eu mon appel ? dis-je, surprise.

– J'avais coupé mon téléphone.

Elle fit un pas en arrière pour me permettre d'entrer. Les déchets s'accumulaient autour de l'évier, la vaisselle sale traînait sur la table et autour du canapé. Elle me tourna le dos et se laissa tomber sur un fauteuil. J'étais sidérée par l'état de sa maison. Ambre ne bougeait pas, sa tête était baissée. Elle fit un effort pour dire : « Tu veux un café ? » J'acceptai, sans trop savoir où me mettre. Fallait-il la suivre dans la cuisine ? patienter sur une chaise ? me retirer ? J'eus le sentiment que mon corps prenait trop de place. Ma présence, ici, à ce moment-là, semblait incongrue. Je jetai un regard circulaire, et restai debout. Elle revint à pas lents, en traînant ses pieds nus sur le parquet. Elle me tendit une tasse, s'affala dans le canapé. Elle alluma une cigarette.

– Ça ne va pas ? dis-je doucement, toujours plantée au milieu de la pièce.

– Pas trop.

Je vins m'asseoir près d'elle.

– Il s'est passé quelque chose ?

– Même pas.

Des larmes se mirent à couler sur ses joues. Je fis comme si je ne les voyais pas. Le silence autour de nous m'oppressait. Dans ces circonstances, je savais que j'aurais dû la prendre contre moi, pour qu'elle lâche son sac de larmes, mais je n'étais pas à l'aise avec ce type de geste. J'entendis un sanglot. Je fis un effort pour sortir de mes blocages et je passai un bras autour de son cou. Elle s'appuya sur mon épaule, je perçus un bruit de pleurs et sentis son corps se détendre. J'étais crispée. Mon autre bras pendait le long de mon buste comme un membre handicapé, il aurait fallu que je le mette autour d'elle aussi, mais c'était beaucoup pour moi, ce rapprochement physique, je n'avais pas l'habitude, les témoignages de tendresse m'embarrassaient, cela m'inhibait. J'attendis dans cette position, le bras ballant, ne sachant quelle autre attitude adopter. Elle se redressa, s'essuya le visage.

– Ce sont les pentes négatives, elles me tendent les bras depuis plusieurs jours. J'ai essayé de résister, d'endiguer la mécanique, mais c'est trop dur. Je n'ai plus d'énergie.

– Mais… qu'est-ce qui a déclenché ça, Ambre ?

– Je ne peux pas te dire, ce qui est premier. Je sens la fatigue enfler. Mes forces se retirent progressivement, j'ai l'impression de m'éteindre petit à petit. Le temps ralentit et je ne suis plus que lenteur. Je n'arrive plus à rien faire, comme si j'étais paralysée. Toutes les pensées qui affleurent deviennent sombres. Tout devient une contrariété même les événements les plus anodins. Alors, je ne peux pas te dire qu'il ne s'est rien passé, puisque toutes mes interactions avec le monde sont douloureuses, tout me fait mal.

– …

– Je me suis disputée, forcément. Parce que je préfère encore la colère à ce vide qui me gagne. La colère, ça occupe, tu vois c'est une production.

À ce moment-là, elle émit un son entre le hoquet et le rire sec.

– Je ne suis pas fière de ça, de foutre la merde. Ça n'arrange rien en fait.

– Tu t'es disputée avec Antoine ?

– Avec Antoine, avec Jason… Mais ce n'est pas le problème ! J'ai perdu la partie. J'ai mal joué, je n'aurais pas dû essayer de leur résister.

– Résister à qui, Ambre ?

– Mais aux pentes négatives, Solveig, je te l'ai dit ! s'énerva-t-elle. Elles sont là, elles me tendent les bras, elles sont comme des sirènes malfaisantes qui m'attirent avec leurs chants dangereux pour me tirer au fond, et moi, cette fois-ci, je me suis crue plus forte, j'ai pensé que je pouvais les vaincre, je me suis agrippée à leurs parois, j'ai voulu ne pas me laisser entraîner, ne pas aller là où elles m'appelaient, mais je n'y suis pas arrivée alors je suis tombée encore plus bas.

Je demeurai silencieuse, interdite devant cette confession.

– J'ai été vaniteuse, j'ai pensé que je pouvais m'en sortir toute seule.

– Mais cela t'arrive souvent ?

– Suffisamment pour que je les reconnaisse. Parfois je peux m'en tirer sans trop d'égratignures, il ne faut pas les contrarier, juste suivre leurs pentes, quand je suis triste ou fatiguée, je me laisse glisser, je descends dans la mélancolie, c'est presque doux, il peut même y avoir une forme de délectation à ne pas résister, à épouser la pente, à se laisser aller.

– Mais tu ne sais pas ce qui provoque ça ?

Elle eut un ricanement.

– C'est souvent quand je ne suis pas à la hauteur. Quand je cède à la peur. Quand je me déçois. Quand je n'arrive pas à transformer la vie, à l'enchanter.

J'étais étonnée d'entendre cela, de sa bouche.

– Tu voudrais changer la vie ?

– Bien sûr ! Tout le temps en fait ! Ça ne m'intéresse pas, Solveig, une petite vie ! J'ai besoin de plus, j'ai pas envie de juste survivre !

Ambre s'interrompit, elle prit ma main, serra mes doigts. J'eus l'impression qu'elle s'empêchait de parler davantage. À la place, elle chuchota :

– Tu es une belle personne, Solveig.

Elle continuait de réfléchir, silencieuse. Elle retrouva la parole comme si quelque chose venait de s'éclairer en elle :

– Je n'y avais jamais pensé avant. Tu vois, *survivre*, c'est juste assouvir les besoins vitaux, alors que *sur-vivre*, c'est l'inverse de la vie minimale, c'est une vie au-dessus, intense, comme un survoltage. Je crois que c'est ça mon problème, accepter qu'il y ait en moi ces deux façons de vivre… et devoir, parfois, me contenter d'une vie minimale.

L'ALBUM

14 mai 2010

Ce soir-là, Bertrand rentra tard, les enfants étaient couchés.

– Quelle journée ! lâcha-t-il en arrivant.

– Je commençais à m'inquiéter, dis-je en le regardant.

J'étais face à lui, assise à la table du salon. Il déposa ses affaires, retira sa veste.

– J'ai dû rajouter des patients, c'est difficile de refuser.

Il s'approcha de moi pour m'embrasser.

– Tu ne devrais pas un peu lever le pied, quand même ?

– Si, tu as raison. Je suis crevé. J'en ai assez de bosser comme ça !

Il répétait souvent ces mots comme une rengaine et pourtant il continuait. C'était primordial pour lui, de nous porter, d'assurer une sécurité pour les enfants, une sécurité qui devait se matérialiser financièrement.

Nous protéger du vide, du manque qu'il avait connus, l'empêchait sans doute de freiner son activité.

Il se pencha, regardant par-dessus mon épaule.

– Tu es bien appliquée. Qu'est-ce que tu fabriques ?

– Un album photos.

– Un album photos ! C'est la première fois que je te vois te lancer là-dedans ?

– Ça fait longtemps que j'y pensais. On accumule les photos numériques, sur l'ordinateur, sur les téléphones et on ne les regarde même pas. Elles sont là, stockées, mais elles ne vivent pas ! Donc, j'ai décidé de faire cet album.

– J'aime bien ton romantisme suranné, fit-il en m'embrassant dans le cou.

Je souriais.

– Et c'est un album sur qui, dit-il en furetant dans les clichés qui reposaient sur la table.

– Sur nous, les enfants, notre vie quoi !

Je lui montrai la page que j'étais en train de réaliser.

– Tu vois, c'est un peu mélangé. Il n'y a pas d'ordre chronologique, j'aime bien l'idée de ces photos en désordre, c'est plus vivant, tu ne trouves pas ? J'ai mis celles que je préférais. La plupart, c'est toi qui les as prises d'ailleurs.

– C'est une très bonne idée, c'est important les traces. Les garçons vont adorer, non ?

J'ai dit « oui ». Cet album était pour eux mais pour lui surtout.

Il m'enlaça rapidement et alla réchauffer son repas.

Je passai la soirée à coller méticuleusement les clichés que j'avais soigneusement sélectionnés, pendant que Bertrand lisait. Satisfaite de mon travail, je l'interpellai.

– Tu veux voir ?

Un sourire s'épanouit sur son visage. Il vint s'asseoir près de moi et je le vis ému tourner les pages de notre vie. Il essayait de se rappeler les années, l'âge des garçons, de dater les images. À la dernière feuille, il eut un air étonné en découvrant une photo d'échographie en noir et blanc, d'un bébé en forme de têtard.

– C'est Robin ? C'est un peu bizarre, pourquoi tu l'as mise là ?

– Non, ce n'est pas Robin.

– Ah bon, c'est Thomas alors ?

Je fis non de la tête.

– Jonas ?

– Aucun des trois... En fait, on ne sait pas encore si c'est un garçon ou une fille, dis-je timidement.

Il écarquilla les yeux.

– Mais... Comment ça ? Tu es enceinte ?

– Oui.

– Et ton stérilet ?

– Il faut croire qu'il n'a pas bien marché ! répliquai-je en riant.

– Arrête ! Tu me fais marcher ? s'exclama-t-il, guettant ma complicité.

– Mais non ! Pas du tout ! Je suis bel et bien enceinte !

J'aperçus une zone d'inquiétude barrer son front.

– De combien ?

– Trois mois et demi ! lâchai-je malgré moi avec fierté.

– Trois mois et demi !

Il accusa le coup, comme si la nouvelle avait du mal à passer.

– Mais tu le sais depuis quand ?

– Quinze jours.

– Quinze jours et tu ne m'en parles que maintenant !

– J'avais besoin de temps pour me faire à cette idée, pour me l'approprier, pour être certaine que j'en avais envie, et maintenant…

– Et maintenant, ça y est, tu es décidée ! me coupa-t-il. Et mes désirs à moi ? Ce que je pense, moi, ça ne compte pas ? Tu ne m'as même pas consulté !

– …

– Tu ne me dis rien, comme d'habitude, et je me retrouve au pied du mur !

– Mais Bertrand, quand je l'ai su, j'étais presque à douze semaines d'aménorrhée !

– Justement, on était à la limite.

– À la limite de quoi, Bertrand ? m'insurgeai-je. On ne fait pas passer un enfant de trois mois !

– Ne me fais pas dire ce que je n'ai pas dit, je ne sais même pas ce que je pense, se rétracta-t-il.

Le silence s'installa entre nous. Il se leva et se mit à déambuler dans le salon, en secouant la tête.

– Je sais, c'est surprenant. Moi non plus je ne m'y attendais pas ! Mais depuis que cet enfant est là, je ne sais pas comment te dire, je me sens pleinement en vie, en joie ! Peut-être te faut-il un peu de temps pour t'habituer à cette nouvelle ?

Il s'arrêta de marcher et me fit face :

– Solveig, tu me dis bien la vérité ?

– Mais comment ça ?

– Tu n'as pas décidé toute seule ? Regarde-moi !

– Non, je n'ai pas décidé toute seule, mais je peux le faire toute seule si tu préfères ! Qu'est-ce que tu veux que je te dise ? C'est arrivé comme ça. Qu'est-ce que j'y peux ! C'est la vie ! Il faut croire que l'on ne contrôle pas tout !

Il m'attrapa dans ses bras.

– Excuse-moi, je suis tellement surpris !

Je me blottis contre lui. Il s'écarta de moi et saisit mon visage pour dire :

– Et nous, Solveig ? Nous, on se retrouve quand ?

Bertrand me devança pour aller se coucher, je le retrouvai allongé sur le dos, dans le lit, immobile, il semblait réfléchir. Je me mis nue et me plaquai contre lui, une façon intuitive, animale d'abolir la distance entre nous. Habituellement, Bertrand ne tardait pas à répondre à la chaleur de mon corps. Il resta figé, ses yeux se baissèrent sur moi, son regard était froid. Je grimpai sur lui. Pour l'animer, je me mis à caresser sa poitrine avec mes lèvres, à parcourir son corps avec mes mains, il m'entoura la taille, mais demeurait lointain. Je redoublai d'énergie pour le ramener à moi.

L'hiver précédent nous étions allés aux sports d'hiver. Le dernier jour, j'avais laissé Bertrand et Robin pour rentrer seule avec Jonas qui débutait, il commençait à fatiguer. Le brouillard était monté d'un coup, obscurcissant les pistes. Le vent s'était levé, la neige nous fouettait le visage. Jonas avait peur. J'avais dû le prendre en chasse-neige entre mes jambes, pour l'envelopper de mes bras et le protéger des bourrasques. C'était difficile de tout contrôler avec les cuisses, de le maintenir contre moi. La visibilité diminuait à mesure que nous descendions. J'avais pris pour repère un skieur plutôt âgé juste devant nous, je suivais ses courbes. Il avançait lentement, comme une ombre sombre dans l'opacité grise de la tempête. Tout un coup, je vis sa silhouette s'évanouir et s'affaler. Juste derrière lui, je freinai avec effort, l'inertie de Jonas entre mes jambes rendant pénible la manœuvre. Je m'enquis de savoir s'il était blessé. L'homme ne répondit pas, il reposait inerte sur la neige. Je me déboîtai de Jonas pour me rapprocher ; son visage blafard, ses lèvres cyanosées me surprirent. La chute n'avait pas été brutale, je compris qu'il faisait une syncope. Mon sang ne fit qu'un tour, j'arrachai mes skis et me jetai à genoux auprès de lui, ses yeux devenaient vitreux, il était en train de mourir, je frappai son cœur d'un coup de poing et réitérai ce geste plusieurs fois d'affilée dans l'espoir de le faire repartir. Je posai mes lèvres sur les siennes, pour lui envoyer du souffle. La morve de son nez coulait dans ma bouche, son haleine sentait la mort, sa peau était glacée, il restait inconscient. Des skieurs s'approchèrent, faisant des commentaires inutiles, je tournai la tête et vis mon fils seul, personne ne s'occupait de lui, il me fixait. Paniquée, je repris le massage cardiaque, il fallait appuyer fort, garder le rythme et continuer à lui perfuser de l'air. Je dégageai son cou, plaçai mes doigts contre sa carotide et perçus enfin une pulsation, un filet de vie.

C'est à cet homme que je pensai, m'appliquant auprès de Bertrand à réveiller sa flamme. Et plus il était long à me rejoindre, plus cela m'embrasait. Brusquement, il me renversa, me plaqua sur le lit pour me dominer de tout son être, son regard devint fiévreux, comme s'il avait subitement libéré son désir. Il s'enfonça dans mon ventre et ferma les yeux. Il resta longtemps ainsi avant de me prendre lentement et profondément. Nos respirations s'amplifiaient, le plaisir montait, je l'appelai du regard, en vain. Il ne me donna pas sa bouche non plus. Il accéléra, refusant de me regarder, et se répandit en moi sans dire un mot.

ANTOINE EST REVENU

24 mai 2010

– Solveig, viens ! Entre !

L'appartement s'ouvrait sur une vaste pièce, très lumineuse avec de grandes fenêtres où se tenait d'un côté l'atelier d'Ambre, de l'autre son salon. Le parquet ancien et un foisonnement de plantes vertes donnaient une atmosphère chaleureuse. L'espace de travail était aménagé autour d'une imposante plaque de verre, soutenue par des tréteaux d'acier, sous laquelle s'amassait une multitude de rouleaux de tissu, dans des rangements savamment étudiés. Sur un pan de mur, des étagères accueillaient bobines de fil, galons, boutons et accroches en tous genres ainsi que de volumineuses machines à coudre. Ambre avait aussi fabriqué une série de rails où elle suspendait ses créations classées par taille. Dans un recoin se logeait une petite cuisine, étroite mais fonctionnelle. Un large couloir partait rejoindre les chambres en enfilade à l'autre bout de l'appartement.

Je trouvai Ambre concentrée devant sa table, ses cheveux relevés en un chignon désordonné, au cœur duquel se dressait un crayon. Elle l'attrapa au milieu de sa chevelure et inscrivit quelque chose sur un bloc-notes, avant de le repositionner sur sa tête. Elle portait un sarouel de coton noir uni posé bas sur ses hanches et un débardeur informe taupe qui dégageait ses épaules et laissait entrevoir sa poitrine libre, lourde, sans soutien-gorge. Même ainsi débraillée, elle avait l'air d'une reine.

– Dis-moi, donne-moi ton avis.

Elle disposa devant elle toute une série d'échantillons de tissu, comme un puzzle.

– Pour ma nouvelle collection, il faut que je trouve des assemblages.

À ce moment-là, mon opinion devenait tout à coup primordiale, comme si je savais mieux qu'elle, dont c'était le métier, trouver des harmonies !

– C'est simple, renchérit-elle, je veux juste une petite jupe, courte, efficace, qui dégage la cuisse. Tu vois la petite jupe en jean que l'on rêve toutes d'avoir, un basique, mais dans un autre tissu, avec un empiècement à la taille, et juste un galon pour souligner les poches.

Elle désigna plusieurs bobines en cuir de toutes les teintes, sur l'étagère à côté d'elle.

Après s'être séparée de Jason, Ambre s'était remise à dessiner et avait monté une petite entreprise, sur la base d'un monoproduit qu'elle maîtrisait particulièrement : la jupe. Depuis toujours elle aimait porter et fabriquer des jupes. Elle avait créé quelques patrons très efficaces qui s'adaptaient parfaitement aux différents types d'anatomie féminine. Un modèle pour les femmes avec hanches et fesses, qui mettait en valeur leur forme en les affinant, un autre pour celles à la taille peu marquée, relativement fines et élancées. Les femmes s'y retrouvaient. Ambre variait les étoffes, les couleurs, parfois la longueur, mais le principe restait le même. Celles qui aimaient son produit suivaient ses créations, elles savaient que dans les jupes d'Ambre leur féminité était rehaussée. Ambre avait vendu sa marque à quelques diffuseurs et sur internet, jusqu'au moment où elle avait été repérée par un grand magasin. Elle réalisa une première collection capture qui eut du succès puis une seconde qui fut plébiscitée et lui apporta un début de notoriété. Elle envisageait maintenant d'ouvrir un espace à elle, le Store, comme elle l'appelait. Derrière ce nom, je devinais qu'elle voulait proposer une collection de vêtements mais pas seulement, elle souhaitait mettre en scène son univers artistique. Elle avait trouvé le lieu adéquat, et s'activait comme une diablesse pour l'ouvrir au plus vite.

– Antoine est revenu, tu sais ?

Leur histoire était une succession de crises et de retrouvailles passionnées.

– Il n'arrive pas à rompre avec sa femme, mais il ne peut pas vivre sans moi, ajouta-t-elle d'un air vainqueur. Maintenant, il dort dans la chambre de son fils qui est parti.

– J'ai l'impression que chaque séparation crée une avancée au final ?

– C'est exactement cela.

– C'est parce qu'il est très attaché à toi. Tant qu'il lutte contre ses sentiments, ça les renforce, et c'est pour cette raison qu'à chaque crise, tu gagnes quelque chose.

Ambre sourit.

– Mais que le chemin est long ! s'exclama-t-elle.

– Il en vaut vraiment la peine ?

Il y avait des mois qu'Ambre bataillait pour avoir cet homme, à part entière, pour ne plus être l'amante, la femme éphémère, celle qu'on laisse seule la nuit.

Elle répondit simplement mais avec force :

– Oui.

Puis elle ajouta, pour se convaincre :

– C'est normal que ce soit long, vingt ans passés avec une femme, ça crée des liens, non ? Comme de vieilles ronces qui emprisonnent les murs d'une maison.

– Tu sais, pour beaucoup d'hommes, la maison est plus un refuge qu'une prison.

Elle arrêta ses mains qui étaient en train de coudre, je la vis froncer les sourcils. Je voulais la protéger, je crois, lui dire ce que je savais de la vie conjugale, la prévenir contre les mythes, les illusions.

– Un refuge ? Mais un refuge contre quoi ?

– Je ne sais pas, moi !

Le terrain devenait glissant, mais impossible de m'échapper maintenant, Ambre exigeait du regard que je précise ma pensée.

– L'adversité, l'agressivité des milieux dans lesquels ils évoluent, les batailles de pouvoir, faire ses preuves, exister, c'est un peu usant. Alors la famille comme un lieu apaisant…

Elle me coupa.

– Apaisant, apaisant ! Il s'ennuie, oui, il n'arrête pas de me le dire !

– L'ennui, cela peut être reposant.

C'était sorti tout seul. Elle était tellement candide parfois, elle était jeune tout simplement.

– Oh mais arrête ! Tu crois vraiment que j'ai envie d'entendre ce que tu dis ? Monsieur se repose chez lui et pour le divertissement il vient chez moi !

– Oh non ! Je crois que tu es plus qu'un divertissement pour lui ! Tu comptes énormément, manifestement. Mais Ambre ! Je te dis les choses comme je les connais, la vie est souvent une oscillation, et une oscillation entre deux pôles, cela peut créer un équilibre.

– Mais non, Solveig ! Je ne suis pas d'accord, s'écria-t-elle. La vie, ce n'est pas un balancier, la vie, c'est une pulsation, de l'intensité. La vie c'est une droite, vers l'avant, quelque chose qui se propulse, ça suffit les reculades !

– Peut-être que c'est Sa vie à lui, Ambre ! Antoine est chef d'entreprise, pilier de famille. Tu connais la densité d'un pilier ? Son inertie, son poids ? Tu crois qu'il peut se mouvoir comme toi, qui es jeune, qui as toujours vécu entre deux pays, qui vis de ton talent ?

Ambre s'esclaffa, elle se tortillait sur place, elle avait un fou rire, elle ne pouvait plus parler :

Un peu interloquée, je lui dis :

– Qu'est-ce qui te fait rire ?

Elle se mit à danser, à balancer ses hanches d'un côté, de l'autre, en susurrant une chanson.

D'un air mutin et complice, elle me répondit :

– Son pilier, je le connais, il me rend folle, je n'en peux plus, Solveig ! J'ai envie de faire l'amour, comme une dingue ! Qu'il vienne avec son pilier, ses oscillations, son pendule ! Tout son attirail : je prends tout !

Et elle se trémoussait, hilare.

UN DÉJEUNER EN LIBERTÉ

15 juin 2010

Je me regardais rarement de pied. À la maison, nous avions juste une glace dans la salle de bains, au-dessus du lavabo. Le samedi matin, j'allais danser, depuis des années. La salle de danse, spacieuse, abritait tout un mur de miroirs. La lumière filtrait au travers de grandes baies vitrées. Je choisissais toujours la même place, dos aux vitres, je me mettais derrière. Derrière les autres. Les femmes aimaient se contempler, en dansant. Je les laissais faire écran à mon image. Pour corriger sa posture, il n'était pas nécessaire de se voir, les yeux fermés je sentais mieux mon corps. Mais en entrant ce matin-là, par manque de vigilance, je m'aperçus dans le miroir sans me reconnaître. Je vis passer une femme aux hanches épaisses. Curieusement le creux de ma taille n'existait plus, il était comblé, je ne ressemblais plus à une danseuse, mais à une baigneuse. Avec une bouée.

« Franchement Solveig, dans ton état, tu peux peut-être faire l'économie de la danse ! » me disait Bertrand tous les samedis.

Et pourquoi le devrais-je ? J'étais tellement légère ! Depuis que je savais porter cet enfant inattendu, je me sentais comme en apesanteur. J'avais l'impression d'un rayon de joie qui me transperçait de haut en bas, et me décollait les pieds du sol. Je devenais aérienne.

J'aimais cette nouvelle dimension que prenait ma vie. J'occupais l'espace.

La danse est un étirement, et j'avais à cœur d'allonger mon corps, de le faire pousser, vers le haut, « la femme enceinte zénithale » ?

Il y avait cet être qui se développait en moi de l'arrière vers l'avant et horizontalement, si je ne voulais m'apparenter à une boule, je devais m'étirer, et me grandir. La musique me ravissait, entrait en moi, je chantonnais intérieurement. Je retrouvais dans l'échauffement l'application et la satisfaction que j'avais petite fille, quand j'exécutais ces mêmes mouvements.

Jeté, retiré. Inspiration ! Je me fléchissais pour attraper mon pied, soufflais l'air accumulé dans mes poumons, l'enfant était un peu compressé alors je respirais et tendais ma jambe sur le côté, tout près de mon oreille. Quelle aisance, je lâchais ma pointe, ma jambe parfaitement tendue restait en l'air un moment avant, enfin, de regagner le sol. Mon bras prenait son élan et m'entraînait dans un petit saut, mes cuisses me réceptionnaient, l'enfant était secoué, je le sentais percuter mes parois, je finissais l'exercice avec lui, il dansait avec moi.

À la fin du cours, je trouvai un texto d'Ambre me proposant de la rejoindre au petit port de l'Arsenal, pour boire un verre. Elle avait joint à son message une photo du café assortie d'un commentaire « Le printemps à Paris ! » qui rendait évidemment son invitation très tentante. Je consultai ma montre, il restait une heure trente avant le déjeuner, je décidai d'y faire un saut. Je la repérai de loin. Habillée d'une robe d'été, elle portait de larges lunettes de soleil. J'eus un pincement au cœur, en constatant qu'elle n'était pas seule. En m'approchant, je reconnus Bastien, l'homme qui louait les embarcations.

– Hey ! Bienvenue à Saint-Tropez ! s'exclama-t-elle.

Si l'on faisait abstraction de la rumeur de la ville, l'endroit prenait un air de station balnéaire avec ces tables bistrot qui surplombaient le port, les coques colorées des bateaux alignés, l'eau qui miroitait, bleutée.

– Solveig, tu connais Bastien ?

Ce dernier ne semblait pas se rappeler de moi.

– Oui, nous nous sommes croisés un soir, sur le canal, vous nous avez prêté une barque, dis-je pour le resituer.

– Ah oui ! Je m'en souviens, tu m'avais fait une petite visite, fit-il d'un ton un peu froid à l'attention d'Ambre.

Il se retira assez rapidement, en disant « je vais vous laisser ». En partant il exerça une pression légère sur l'épaule d'Ambre.

Je le regardai s'éloigner et lâchai en commentaire :

– Il n'a pas l'air content.

– Il est contrarié, répondit Ambre.

– Pourquoi ?

– Ah ! C'est une longue histoire ! On s'est beaucoup vus à une époque et maintenant un peu moins, forcément…

– Tu veux dire que… tu le vois… en même temps qu'Antoine ?

– Non ! Enfin, une ou deux fois peut-être… Et justement, là, je voulais clarifier les choses et lui dire que cela ne se reproduirait plus.

Devant mon étonnement, elle se justifia :

– Et Antoine, il n'a que moi ? Tu crois que c'est facile de supporter qu'il soit marié ? Ces allers-retours, tout le temps ! Parfois, je lui en veux, à mort ! Et bien voilà, moi aussi j'ai une vie !

– Je comprends, mais je ne crois pas à ce genre d'égalisation…

– Non, tu as raison, c'est idiot cette idée de symétriser nos situations. Y a pas d'équation, de toute façon : l'Amour, le corps, c'est pas pareil. Tu vois, avec Bastien, quand c'est arrivé, c'était juste mon corps qui s'animait, alors qu'avec Antoine, tout est différent, Antoine c'est mon élu.

– Ambre ! Il n'y a que toi pour employer ce genre d'expression ! Tu veux dire que tu l'as choisi ?

– Ah non ! On ne choisit pas son élu, il s'impose et tu ne sais pas pourquoi ! Ni comment ! L'élu, quand tu es dans ses bras, ton désir s'additionne à tes sentiments, l'émotion redouble le plaisir, toutes ces dimensions s'expriment en même temps et s'entremêlent. C'est unique ! C'est pour ça que je ne parviens pas à me séparer de lui. L'élu fait de toi sa prisonnière…

Antoine, je l'avais peu de fois rencontré et je saisissais difficilement l'effet qu'il produisait sur Ambre. De quelle manière Antoine parvenait à un tel phénomène demeurait mystérieux. Ce n'était d'ailleurs sûrement pas lui l'auteur de cette magie. Mais plus elle, qui avait cette façon de magnifier sa vie.

– Tu ne veux pas qu'on déjeune ? On est bien là, non ?

– Oui, c'est bon ce soleil… Il faut que je prévienne Bertrand. Il a les enfants…

– Appelle-le !

Juste à ce moment-là, Bertrand me téléphona pour me dire qu'il avançait l'heure du déjeuner, pour ne pas amener les enfants en retard à leur match de foot.

– On se retrouve après à la maison, ma chérie ?

– Oui, à tout à l'heure.

Je raccrochai, prestement, de crainte qu'Ambre n'entende notre conversation, je n'aimais pas que l'on soit témoin de mon intimité.

Après le déjeuner, j'accompagnai Ambre chez des fournisseurs. Elle souhaitait partager avec moi une trouvaille, elle avait déniché un dépôt de tissus de grande marque, « une vraie affaire », qu'elle voulait exploiter pour son *store*. Elle s'était mis en tête de proposer une ligne de décoration intérieure, coussins, rideaux, nappes en réactualisant ces chutes. Tout cela me semblait risqué, à quelques semaines de l'inauguration, mais elle s'en sentait capable.

Je retrouvai Bertrand en fin d'après-midi.

– Ah ! s'exclama-t-il, quand je pénétrai dans la maison, c'était sympa ton déjeuner ?

– Oui, très agréable, il fait délicieux dehors.

– Vous en avez des choses à vous dire ! dit-il en regardant sa montre.

– Pourquoi tu me dis ça ?

– Je ne sais pas, je pensais que tu rentrerais plus tôt. Remarque, il y a au moins une personne avec qui tu parles…

– On est allées se promener après. Tu m'as attendue ?

– Oui un peu, j'aurais bien aimé que l'on ait un moment ensemble, comme les enfants n'étaient pas là. Je ne vais pas tarder à aller les chercher d'ailleurs.

– Mais, on n'avait rien de prévu ?

– On aurait pu improviser, aller voir une expo, on faisait ça avant…

– Les improvisations, ce n'est pas trop ton truc d'habitude...

– C'est pas très sympa, Solveig, de me catégoriser comme ça. Tu crois qu'on ne peut pas changer ?

– Je n'ai pas dit ça, je suis un peu surprise, c'est tout.

– Tu sais, on n'a pas beaucoup d'espace pour nous et on va en avoir encore moins. C'est important de cultiver des moments... Notre vie, c'est maintenant, on ne pourra pas se mettre entre parenthèses encore pendant vingt ans. C'est une autre histoire que l'on doit inventer. Tu comprends ?

Il attrapa sa veste.

– Bon, il faut que je file.

Il glissa une main sur mon cou.

– Ne t'inquiète pas, ce n'est pas grave pour cet après-midi, mais penses-y, pense à nous.

MÈRE INTERMITTENTE

26 juin 2010

C'était un mercredi, Ambre m'avait gentiment proposé d'emmener les enfants au musée, avec Jude, pour me soulager un peu.

– Au musée ? Tu es sûre ? Tous les quatre ?

– Oui, pourquoi ?

– Ils n'ont pas l'habitude, cela va être dur de les tenir.

– Ne t'inquiète pas, j'ai mes petits trucs pour les intéresser, Jude adore aller au musée !

En fin d'après-midi comme convenu, je passai les récupérer chez Ambre. Quand j'arrivai, la porte d'entrée était entrebâillée. Je pénétrai dans l'appartement et trouvai les enfants dans le salon, entassés sur le canapé, les coussins défaits, des sacs de bonbons à leurs pieds, des biscuits écrasés sur la table basse. Ils ne m'entendirent pas tant le volume de la télé était fort. Ils regardaient *Le Seigneur des anneaux,* complètement obnubilés par l'écran. J'aperçus Thomas par terre, qui se cachait les yeux derrière un coussin, les doigts dans les oreilles pour atténuer le bruit et les hurlements du film. Mon sang ne fit qu'un tour, j'attrapai la télécommande et éteignis d'un coup la télé. Leurs quatre visages surpris se tournèrent vers moi. Je commençai à passer un savon à Robin et Jonas.

– Qu'est-ce que vous faites là, tout seuls ? Vous savez très bien que Thomas est trop petit pour voir *Le Seigneur des anneaux* ? Ça lui donne des cauchemars ! Vous le savez, oui ou non ?

Ils restèrent silencieux, baissant la tête, Jude qui me voyait rarement hausser le ton était impressionné.

– Ta Maman, elle est où ?

Il désigna du menton l'autre partie de l'appartement. Je m'engageai d'un pas ferme dans le couloir quand j'entendis la musique qui s'échappait de la chambre d'Ambre. J'appelai plusieurs fois, aucune réponse. Du bout du pied, j'entrouvris la porte et je vis Ambre, en train de danser, ses cheveux lâchés qu'elle projetait d'un côté puis de l'autre, les reins cambrés, ses fesses en arrière qui marquaient le rythme par des petits mouvements saccadés du bassin, elle faisait corps avec la musique, totalement absorbée par son interprétation. Je reculai d'un pas et refermai la porte. Je frappai plusieurs coups. Le morceau s'arrêta et elle vint m'ouvrir.

– Hey, tu es là ! s'exclama-t-elle la mine ravie. Regarde ! J'ai eu une méga inspiration cet après-midi !

Sur un filin en acier qu'elle avait tendu de part et d'autre de sa chambre étaient accrochés une série de cartons peints avec des petits motifs qui se répétaient dans des dégradés de couleurs, bronze, mordoré et bleu. L'ensemble était très harmonieux.

Je l'interrogeai du regard.

– C'est pour ma nouvelle collection. J'ai décidé de faire moi-même les imprimés. Tu aimes ?

– Oui beaucoup, mais Ambre, vous ne deviez pas aller au musée ?

– Pas le temps ! fit-elle en évacuant la question d'un geste de la main.

C'est à ce moment que je remarquai son accoutrement. Elle était vêtue d'un pantalon en cuir et d'un top qui dégageait son épaule d'un côté, elle portait des talons. Sa bouche était ourlée d'un liseré et ses lèvres brillaient, elle avait accentué le vert de ses yeux par un trait de crayon argenté à la naissance de ces cils.

– Mais… Ambre, je t'avais confié les enfants pour…

– Ne t'inquiète pas, Solveig, ils n'ont pas arrêté de jouer, ils ne se sont pas ennuyés une minute !

– Mais ce n'est pas la question, Ambre ! J'ai retrouvé le petit totalement effrayé devant un film qui n'est pas de son âge.

– Pardonne-moi, Solveig ! lâcha-t-elle en m'entourant de ses bras. C'est vrai, je ne les ai pas eus à l'œil tout l'après-midi. Tu comprends, Antoine m'a appelée, ce n'était pas prévu, il était censé être à l'étranger et il passe me prendre tout à l'heure, il m'emmène dîner, paraît-il, dans le meilleur restaurant de Paris ! Et après je crois que l'on ira à l'hôtel…

Je restai sans voix.

– Tu sais, Solveig, je ne peux pas être une mère tout le temps ! Je trouve que c'est ce qui est le plus difficile pour nous, être mère et femme en même temps, conjuguer ces deux rôles. Quand Jude était petit, je n'y suis pas arrivée, j'étais entièrement tournée vers lui, Jason en a souffert, ça nous a éloignés. Alors aujourd'hui, je n'ai pas envie de renoncer à des moments comme celui de ce soir. Tu crois que Jude pourrait dormir chez vous ?

Je n'eus pas le temps de répondre, les petits avaient déboulé dans la chambre. Jude tirait sa mère par la main.

– Maman, tu avais promis qu'on jouerait au foot !

– Mais Jude, regarde ! Je suis habillée ! J'ai mis mes talons !

– Depuis le temps qu'on t'attend ! Allez, viens, Maman !

Ambre me regarda en inclinant la tête :

– Bon OK !

Elle envoya valdinguer ses chaussures, se dirigea vers le couloir, qui allait être leur terrain de foot.

– Je me mets avec Thomas et Jude, contre Robin et Jonas. Tu joues, Solveig ? dit-elle.

– Elle ne sait pas jouer ! crièrent en chœur mes trois garçons.

– Bon, ben, tu arbitres alors, s'exclama-t-elle en attrapant le ballon. C'est parti !

Elle fit une passe rapide à Jude qui lui renvoya la balle, tandis qu'elle courait vers Robin pour le dribbler. Les enfants étaient hilares, ils n'avaient jamais joué au foot dans un couloir, avec la mère d'un de leurs copains. Et il était difficile de rester de marbre, de ne pas être contaminée par leur joie, de ne pas être sous le charme de cette femme, qui devenait enfant en un instant, qui ne respectait aucune convenance, aucun engagement, juste pour être dans sa vie pleinement. Oui, j'aimais au fond, malgré moi, son insolence d'être au monde.

UN SAC DE PETITS POIS

3 juillet 2010

Je voyais beaucoup Ambre. J'avais considérablement allégé mon temps de travail à l'hôpital. Le gynécologue aurait voulu que je me mette au repos, j'avais déjà des contractions mais c'était compliqué d'abandonner mes patients, mes rendez-vous étaient pleins pendant encore un mois. J'avais négocié de laisser de côté le secteur hospitalisation pour juste assurer le matin les consultations. Je n'étais pas habituée à disposer d'autant de temps. Souvent, je déjeunais avec Ambre en terrasse, les jours ensoleillés. Puis je dormais un peu avant d'aller chercher les enfants à l'école. Parfois, nous allions au parc, les garçons jouaient ensemble, Jude trouvait sa place parmi eux, Ambre et moi discutions paisiblement en les regardant. La vie me paraissait simple et douce.

– Tu sais comment j'ai connu Antoine ?

Je m'étais souvent posé cette question. Leurs mondes semblaient si éloignés. J'avais croisé Jason à quelques reprises chez Ambre, il avait quelque chose d'électrique, une sensualité animale, une aura, et je comprenais qu'Ambre ait pu être chavirée par cet homme. Antoine était plus opaque. En dehors d'une passion fiévreuse, que l'on percevait chez lui, il restait pour moi assez indéchiffrable. En ma présence, le plus souvent il se taisait et dévorait Ambre des yeux, jusqu'à ce qu'un malaise s'installe et que je me retire.

Quoi que je dise, de toute façon, Ambre allait me raconter, je devinais à son humeur joyeuse qu'elle avait envie de revivre cette rencontre. Je souris, sans vraiment lui répondre.

– C'était quand j'étais prof d'anglais.

– Tu as été prof d'anglais, toi ?

Elle avait bien réussi son coup, en me confiant un élément de sa vie que je ne pouvais soupçonner.

– Il fallait bien, dit-elle avec un haussement d'épaules. Quand je suis partie de la boutique. Tu crois que Jason aurait accepté que je monte ma propre ligne ? Ce n'était pas possible, il l'aurait très mal pris. Il se sentait abandonné, les affaires marchaient moins bien, et il m'en rendait responsable. Jude était petit, j'avais besoin de temps pour lui, alors j'ai donné des cours particuliers. Je ne sais pas comment cela s'est fait, mais avec le bouche-à-oreille, je me suis retrouvée à enseigner l'anglais à des cadres parisiens pour leur boulot. C'était bien payé. Et un jour, je vois arriver une espèce de grand échalas, envoyé par un de ses collègues, qui voulait absolument que je lui donne des cours ! Moi, ça commençait à me prendre pas mal de temps. En plus, Jason était furieux, il m'en voulait, il avait tourné le dos à une carrière en solo pour s'associer avec moi. Mais depuis mon départ, l'entreprise périclitait, et maintenant je donnais des cours d'anglais ! C'était des disputes sans fin. J'ai dit à Antoine que je n'étais pas disponible. Mais il ne m'a pas lâchée ! Il a tellement insisté, il m'a dit que ce n'était que pour quelques mois car il devait partir s'installer à l'étranger, alors j'ai fait une exception… De son côté, je crois que je lui ai plu tout de suite. Mais je n'avais rien vu ! Tu comprends, pour moi, c'était un vieux ! Il avait quinze ans de plus que moi quand même. On se rencontrait trois fois par semaine, les cours se déroulaient chez moi. Il était sympathique, j'ai compris qu'il était haut placé dans sa boîte, je m'étais rendu compte, en l'entendant parler au téléphone, qu'il pouvait être assez sec avec ses collaborateurs mais avec moi il était plutôt agréable et comme je te le disais, je n'étais pas du tout branchée sur une relation autre que professionnelle avec lui. Ce qui est incroyable, Solveig, c'est que tu peux être à côté d'un homme, le côtoyer, sans que rien ne se passe, jusqu'au jour où il te touche. Et là, tout bascule !

Elle s'interrompit et se mit à rire, revivant sans doute la scène qu'elle se gardait bien de me livrer, me laissant sur ma faim.

– Mais quoi ? Il t'a touchée où ? m'exclamai-je, interpellée par sa mise en scène.

Elle rayonnait, un sourire inscrit sur ses lèvres. Elle porta son regard vers son pied.

– Le pied ?

Elle hocha la tête, ravie de son effet. Elle reprit son histoire.

– Nous étions attablés, en train de travailler, et le téléphone a sonné. Je me suis levée un peu précipitamment, je portais des talons hauts, l'un d'eux s'est enfoncé dans la moquette, et mon pied s'est dérobé. Une douleur fulgurante ! J'en suis tombée. Il s'est précipité pour me relever. J'ai clopiné sur une jambe. Mais il m'a obligée à m'asseoir, s'est agenouillé et a inspecté ma cheville. Je ne peux pas te dire ! Le contact de ses mains, la douceur avec laquelle il m'a manipulée, j'étais comme parcourue d'ondes. Il a décrété que j'avais une entorse et s'est mis en tête de me soigner. Il est parti chercher dans le réfrigérateur un sac de petits pois surgelés. Un sac de petits pois surgelés, Solveig ! Et il l'a appliqué sur ma cheville blessée.

– …

– J'étais confuse de m'être ainsi vautrée, mais surtout de ressentir cela au contact de ses doigts, un truc charnel ! Et lui, je l'ai su après, il était ému, il a trouvé que mon pied était petit comme celui d'une enfant. Et avec mes talons aiguilles, je lui ai fait penser à une petite fille qui aurait chaussé en douce les escarpins de sa mère, sans parvenir à marcher avec…

À partir de ce moment-là, il y avait comme une tension lourde entre nous. L'attirance.

– …

– Tu ne peux rien faire contre cela ! Il aurait fallu fuir. Mais il était là, chez moi, et j'ai senti sa détermination à ne pas partir, à revenir, à laisser grandir le désir. Et un jour, il m'a prise, sur la table où nous travaillions, et ça a été une telle décharge ! Je ne peux pas te dire ! Il m'a baisée d'une manière qui ne laissait place à aucune opposition, aucune contradiction, il m'a baisée autoritairement et j'ai adoré ça.

LE STORE

5 juillet 2010

L'inauguration avait débuté. Devant l'entrée, un attroupement de fumeurs invétérés s'était formé sur le trottoir, des créatures aux poses alanguies trinquaient, on entendait de loin le tintement des verres, le bruissement des conversations. L'espace qu'Ambre m'avait montré quelques mois auparavant était transformé. Le Store s'étendait sur une surface de quatre-vingts mètres carrés, d'un seul tenant. Un lustre en laiton, majestueux, ornait le plafond, ses gouttes de cristal distillaient une lumière scintillante. Une patine habillait les murs bruts. Ici et là, des petites lampes en suspension, comme des larmes tenues par un filin, créaient des îlots lumineux. Au fond, dans une alcôve, une estrade accueillait un groupe de musiciens, des amis d'Ambre.

Les invités se tenaient debout rassemblés par affinité. J'aperçus tout de suite Ambre, les cheveux relevés, dans une robe longue, blanche, dos nu, qui découvrait sa peau et ses reins jusqu'à la naissance de ses fesses. Elle tenait Antoine à son bras, sans le lâcher, de groupe en groupe, pour afficher son couple, aux yeux de tous. Lui demeurait en retrait, toujours ombrageux. Antoine avait de la prestance, une forme d'aristocratie dans le physique, il la regardait, parlait peu. Ambre le pressait contre elle, comme s'il pouvait à tout moment disparaître, l'abandonner. Antoine était sans doute le premier homme de sa vie à lui résister, en ne quittant pas son épouse. Je me demandais si ses sentiments pour lui ne naissaient pas de cette résistance et du combat qu'elle menait pour la faire céder.

Des banquettes recouvertes de tissus et de coussins, quelques fauteuils, des consoles en bois et aluminium meublaient l'espace. Des paravents peints, des mannequins habillés par les créations d'Ambre décoraient la pièce. Des portants regroupaient l'ébauche de la future collection élégamment mise en valeur. Tout serait à vendre, depuis les vêtements, en passant par les lampes, les banquettes, la ligne d'intérieur, les meubles. Je savais qu'Antoine avait aidé Ambre financièrement, pour lui permettre d'ouvrir à la rentrée. Jason avait dessiné les meubles en bois et aluminium, chacun voulait marquer le Store de son empreinte. Ambre avait consulté Jason pendant l'élaboration du projet, elle cherchait son assentiment. Sa référence artistique, c'était lui. Il se déplaçait, agile, drôle, léger, parmi les invités, laissant dans son sillage des éclats de rire. Les gens aimaient Jason, comme tous les êtres qui captent et ont toujours capté la lumière. Il connaissait tout le monde, amis, clientes, attachés de presse. Il se comportait presque comme le maître des lieux.

Bertrand observait les toiles accrochées sur les murs. Par courtoisie, je saluai Antoine, seul, Ambre répondant à une interview.

– Bonsoir Antoine.

Mal à l'aise, il hésita à m'embrasser et finit par le faire d'un geste gauche. Il essaya de se rattraper, en instaurant un semblant de discussion :

– Alors, ça te plaît ?

– Beaucoup ! Je ne sais pas comment elle a pu réaliser tout ça, en trois mois !

– Moi aussi, elle m'impressionne. Je la découvre tous les jours. Je pensais qu'elle était styliste et ce soir je mesure l'étendue de son talent : elle crée, elle décore, elle peint, elle photographie !

– Ambre, c'est un monde.

– Oui, je trouve que l'on perçoit une résonance dans tout ce qu'elle nous présente ce soir. Elle a une vraie cohérence.

Antoine évoquait les tableaux qui avaient attiré l'attention de Bertrand.

Ambre avait choisi d'exposer les imprimés bronze et bleu qu'elle devait réserver pour sa future collection. Encadrés dans des petites caisses en bois, ils alternaient avec trois grandes photos présentées en triptyque. Chacune d'elles figurait un univers urbain dans lequel évoluait une silhouette masculine, en équilibre, s'échappant de lignes très graphiques, dégageant une impression de solitude.

Antoine s'excusa pour aller chercher un verre, je me rapprochai de Bertrand.

La première photo, « Try again », avait saisi en contre-jour l'ascension d'un homme, perché au milieu d'un escalier abrupt qui traversait l'image de part en part, comme suspendu dans le vide matérialisé par le ciel. La seconde montrait une ombre isolée penchée sur une balustrade d'un immeuble ultramoderne, dont les vitres renvoyaient une lumière bleutée. Elle était intitulée « Fall again ». La dernière, « Fall better », était un personnage seul incliné sur le parapet d'un pont, photographié dans le reflet du fleuve qui coulait en dessous.

Bertrand s'étonna de trouver ces personnages masculins, comme une allitération dans cet univers dédié aux femmes. Il remarqua combien le bleu qui imprégnait chaque photo semblait être un écho aux imprimés qu'elle avait encadrés ; les œuvres se répondaient. Mais c'est sur le titre du triptyque qu'il questionna Ambre lorsqu'elle vint nous rejoindre avec Antoine.

– Ah ! le titre, c'est un clin d'œil à Beckett. Tu sais, Antoine, cette nouvelle que tu m'as prêtée ?

– *Cap au pire* ?

– Oui ! Il est incroyable ce titre ! il fallait le trouver quand même, non ? Bref, il a cette formule qui revient sans cesse comme un leitmotiv, « *Try again, fail again, fail better* », eh bien je l'ai un peu détournée…

Je trouvai le dévoiement ingénieux et en même temps, je m'interrogeai sur le désarroi qu'il pouvait suggérer.

– Tu vois, ça m'énerve, cette injonction, à devoir surmonter ses échecs, remonter la pente. On surmonte jamais ! On refoule, on met sous le tapis, et ça revient toujours, les échecs se répètent à l'infini. Non, moi, je crois qu'il faut se laisser tomber, accepter de perdre, aller bien au fond. Dans un endroit où tu ne distingues plus ce qui t'élève de ce qui te bousille, ce qui te renforce de ce qui t'abat. Ces zones-là, c'est du terreau, il faut y mettre les pieds, pour naître à nouveau.

Un silence gêné accueillit son explication, elle en prit conscience et, pour détendre l'atmosphère, elle nous tendit un verre et trinqua en riant :

– Vive la chute, alors !

Bertrand répondit :

– Je ne sais pas si c'est parce qu'il y a tout ça derrière, mais ton triptyque est très fort, il impacte, il laisse une impression…

– Ça me fait plaisir, Bertrand, ce que tu dis là, tu fais de la photo, toi aussi ?

– Oui, en amateur, mais depuis longtemps…

– C'est difficile de laisser une trace, c'est mon défi ! Il y a une telle profusion de photos aujourd'hui, il ne suffit pas qu'elles soient belles, si elles sont oubliables. Je voudrais réussir à sortir une image mémorable. Une image qui s'impose, qui revient, une photo qui deviendrait une image mentale…

La conversation fut interrompue par Jason qui s'intercala entre nous, il détacha Ambre du bras d'Antoine, pour la présenter à quelques huiles du milieu. Ils s'éloignèrent, comme deux icônes de mode, lui avec sa démarche féline, habillé de noir, elle dont la sensualité était accentuée par sa robe, parfaitement ajustée sur ses formes.

La soirée s'étira, festive. Par moments, fatiguée, je trouvais refuge dans les fauteuils qu'avait confectionnés Ambre, j'appréciais leur confort, au-delà de leur élégance.

Bertrand avait fini par remplacer l'un des membres du groupe au piano, comme si l'instrument exerçait, depuis le début de la fête, un attrait irrésistible. Et je voyais à son air juvénile qu'il était heureux, en pleine communion avec les autres musiciens. Je l'imaginais, adolescent, parmi les groupes de rock qu'il avait formés avec ses amis. La musique avait occupé une grande place, dans sa vie, à cette époque-là. Quand nous partîmes, Bertrand glissa :

– On a passé une bonne soirée, non ?

– Oui, c'était très réussi. Je crois qu'Ambre est contente.

– Quel âge a-t-elle déjà ?

– Trente-cinq ans, il me semble.

– Hum… elle est étonnante quand même… moins superficielle que je ne le pensais, fit-il en commentaire.

IMPUDIQUES

9 juillet 2010

Après la danse, j'étais toujours étonnée de voir les femmes dans les vestiaires converser en faisant glisser sur leurs hanches, collant, culotte, elles mélangeaient les mots à leur nudité, chacune affichant sans complexe sa singularité : aucune femme n'avait le même sexe. Il avait fallu que je fréquente un vestiaire pour découvrir ce qui était sans doute une évidence pour les hommes, et peut-être une insatiable quête : sonder le mystère féminin, traquer sa diversité, pénétrer son originalité. Je restais assise dans un coin, le temps de récupérer, j'épongeais lentement la sueur accumulée, je me désaltérais puis, pour éviter de me déshabiller, j'enfilais une robe ample par-dessus mon justaucorps. Je quittais le ballet des femmes dénudées auquel je n'appartiendrais jamais. Le centre de danse était situé autour d'une cour pavée. Derrière les baies vitrées, les corps se mouvaient, la musique s'échappait de chaque salle et créait un étrange mélange de pianos, violons, claquettes et RnB. Quand je repartis du centre, ce matin-là, le soleil me surprit par son intensité. Déliée par la danse, l'humeur légère, l'esprit détendu, je décidai de rentrer à pied. Les terrasses des cafés, bondées, s'étalaient sur la chaussée, une lueur jaune baignait le quartier, toutes les filles portaient de jolies robes, les trottoirs débordaient de vie. Ce samedi-là, les Parisiens avaient rendez-vous avec l'été. Alors que j'arrivais près de chez moi, une scène attira mon attention, un couple se disputait en pleine rue. La femme ne cessait de s'agiter, elle invectivait l'homme qui restait de marbre. D'elle se dégageait une énergie déstructurée tandis que lui semblait littéralement statufié. De loin, je ne la reconnus pas tout de suite. Elle avait perdu son port altier, elle portait une tenue négligée, un jogging ou un pyjama défait, mais ses cheveux, que j'aurais identifiés entre tous, tressés et relevés en chignon, formaient une couronne cuivrée sur sa tête. Elle agrippait et secouait l'homme qui la dominait de sa grande taille, elle essayait de lui faire perdre son contrôle, de le ramener à une forme de vie. Lui, impassible, livide, refusait d'entrer dans l'hystérie de la dispute. Elle se retourna et je vis le visage d'Ambre comme jamais je ne l'avais vu, défiguré par la douleur et la rage, une facette inconnue de mon amie. J'en eus le souffle coupé. Elle pivota, il tenta de la retenir, elle se dégagea d'un mouvement d'épaule, j'entendis comme un cri, une raucité de la voix, elle se mit à courir vers notre immeuble, claqua la porte et disparut à l'intérieur.

J'avançai discrètement sur le trottoir, cachée derrière mes lunettes de soleil. Depuis tout à l'heure, il n'avait pas bougé, c'était un homme sidéré.

Je rentrai chez moi profondément bouleversée. Cette vision contrastait tellement avec la femme heureuse qui me rapportait une semaine à peine auparavant sa rencontre avec Antoine. Que faire ? Je faillis composer son numéro puis y renonçai. Elle allait sans doute avoir besoin de se calmer, avant de pouvoir parler. Je pensais à mon amie, en essayant de reconstituer le puzzle de sa personnalité qui m'échappait. Elle était tellement différente de moi. Ce type d'éclat en public me paraissait tout simplement inimaginable, inconcevable. Qu'est-ce qui pouvait générer une telle souffrance, une telle perte de contrôle ? Et aussi, comment, alors que j'ignorais les mouvements d'humeur qui conduisent à de tels états, je me trouvais, quand même, transpercée par la douleur qu'Ambre éprouvait. J'eus l'idée de lui écrire des mots apaisants, mais ceux qui me venaient me semblaient pauvres, insuffisants. Mon répertoire émotionnel semblait limité comparé au sien. Je compulsai, tout l'après-midi, les recueils de mes poètes préférés. Pour moi, elle était de cette race-là, celle des poètes avec sa sensibilité d'écorchée. J'arrêtai mon choix sur un poème réconfortant et doux. Je le recopiai avec application sur une feuille blanche que je cachetai dans une enveloppe. Je sortis dans le corridor sans faire de bruit. Devant chez elle, je restai un moment indécise, hésitant à glisser mon message sous sa porte ou dans la boîte aux lettres. Soudain je me ravisai, accablée par une idée : j'avais vu sans y être invitée. De quel droit ferais-je intrusion dans sa vie, pour lui apporter un soutien qu'elle n'avait pas réclamé ? Peut-être serait-elle mortifiée d'apprendre que j'avais assisté à cette scène ?

Je fis volte-face et partis en silence, à petits pas glissants comme une Japonaise, vers mon appartement.

L'EMPRISE

10 juillet 2010

Sur les verrières, la pluie frappait les carreaux. La lumière demeurait sombre et lugubre. Le temps avait basculé. Ambre avait fini par venir sonner à ma porte. Après ce que j'avais vu la veille, j'imaginais dans quel désarroi elle devait se trouver. Je remarquai ses yeux gonflés en lui ouvrant, mais je ne fis pas de commentaire. Elle aperçut sur le canapé la montagne d'habits de bébé que j'étais en train de trier. Elle se précipita dessus et s'extasia sur chaque pièce. Je m'assis près d'elle et la conversation s'engagea sur des banalités. Je lui parlais, elle ponctuait mes phrases d'un sourire, pour me faire croire qu'elle était attentive. Elle ressemblait à une petite fille qui aurait voulu me faire plaisir, en étant concentrée sur mon propos, pourtant son esprit s'échappait, malgré elle, vers les contrées grises où son cœur était contrarié. Elle essayait de commenter ce que je racontais, mais ses tirades avaient peu d'épaisseur, comme des lieux communs. Au bout d'un moment, rester assise près de moi lui devint impossible. Son pied remuait fébrilement, déjà depuis plusieurs minutes, comme s'il battait la mesure. Elle se leva précipitamment et déambula dans la maison. Comme une gosse qui s'ennuie, elle passait sa main sur les meubles, regardait le déluge dehors. Son moral semblait à l'unisson avec le temps. Je continuai de plier les habits silencieusement. Je n'aimais pas faire semblant, mais je respectais sa réserve, elle n'était pas obligée de me dire la cause de son chagrin. Le silence était comme un espace que je lui offrais, mais elle ne le saisissait pas, alors je lui proposai un thé. Je trouvai apaisants les bruits familiers, de l'eau qui bout, de la bouilloire qui tressaute, du tintement des tasses. J'agençai sur un plateau la vaisselle en porcelaine, le sucrier, les petites cuillères, quelques rondelles de citron et le déposai près d'elle. J'avais à l'esprit les malades que l'on veille, ceux que l'on nourrit avec des plateaux dans leur lit. Le thé coula en dégageant de la fumée, elle mit ses doigts autour de la tasse comme pour se réchauffer. La douleur rend frileux, ou alors c'est la chaleur qui apaise. Après avoir longuement remué la cuillère dans sa tasse, Ambre lâcha :

– La femme d'Antoine est enceinte.

Je reçus cette information comme une balle dans le ventre. Peut-être était-ce parce que je portais la vie aussi ? Et en même temps je me mettais justement à la place d'Ambre. Elle ajouta sur un ton empreint de colère :

– Il disait qu'il allait la quitter, qu'il dormait dans la chambre de son fils ! Et elle éclata en sanglots dans un flot de récriminations et d'attaques à l'endroit d'Antoine.

Je l'écoutai médusée, en me demandant ce qu'Ambre faisait avec cet homme. Depuis longtemps, je trouvais que le décalage entre eux était monumental. L'âge les séparait. La peau d'Ambre tendue, dense, remplie, contrastait avec ses joues à lui, qui s'affaissaient sous le poids des années. Ses rides creusaient des travées à la commissure des lèvres et son front parcouru de sillons ressemblait à un champ labouré. Mais il n'y avait pas que cela, l'énergie vitale qui animait Ambre semblait trouver un écho très atténué chez Antoine. Il ressemblait à un homme fatigué sur lequel la vie avait laissé des traces, alors qu'Ambre se tenait à l'aube de son existence. Je ne sais pas pourquoi j'avais ce genre d'idées alors qu'il allait être père après tout ! En réalité, cet homme n'était pas dénué d'attrait, mais je le pensais nocif pour Ambre. Antoine voulait Ambre pour lui seul. Le fait qu'il soit marié rendait leur vie clandestine. Elle aurait aimé une vie sociale avec lui, mais il évitait autant que possible de la partager. Comme il ne pouvait lui donner en retour l'exclusivité qu'il trouvait en elle, il l'investissait totalement, farouchement, cet homme secret déposait sa réserve habituelle dans leur intimité et se livrait complètement avec elle. Je savais la propension qu'avait Ambre à s'immerger dans le monde de l'autre, à être remplie par l'autre au point de s'oublier, de se perdre de vue, d'être pieds et poings liés à l'homme qu'elle avait élu. Je l'avais compris dans le récit qu'elle m'avait fait de sa relation avec Jason. Et je la voyais replonger dans ce type de rapport avec Antoine. Lui essayait de la détacher de sa vie antérieure, de tout ce qui la liait à Jason. Il se sentait menacé par cet homme du passé. Il avait même proposé à Ambre de travailler dans son entreprise et d'abandonner ses créations. Je trouvais son emprise sur elle menaçante. Et pourtant, elle était dans tous ses états pour cet homme qui allait, qui venait, qui l'aimait, qui n'arrivait pas à quitter sa femme.

De quoi était fait son amour, son attachement pour lui ? Était-ce cet homme qu'elle aimait ? Ou ce qu'il lui donnait ? Ou ce qu'il lui faisait ? Le plaisir et la souffrance, comme un mouvement incessant dans un sens puis dans l'autre, qui ne s'arrêtaient jamais et qui l'attachaient à lui d'une manière très efficace.

– Ah ! Elle doit être bien contente ! C'est clair, avec ce gosse, elle a gagné la partie ! C'est dégueulasse ! Si tu savais tout ce qu'il m'a dit ! Les promesses ! Qu'il allait quitter sa femme, que nous serions bientôt ensemble ! Des mots, des mots, des mots ! martelait-elle. Il y a toujours chez les hommes un monde entre les mots et les actes ! Mais là ! Non, là, ce n'est pas possible ! Tu comprends, les faits disent le contraire des mots ! Il a fait un enfant à sa femme ! Il n'avait aucune intention de se séparer d'elle ! cria-t-elle.

– Mais ils n'étaient pas en instance de divorce ?

– Si. Tu sais ce qu'il s'est passé ? Elle en a eu assez de ses absences, de ses mensonges, qu'il déserte le lit conjugal. Assez. Cela faisait des mois qu'elle encaissait. Elle a demandé le divorce. Tu vois, elle l'a pris à revers. Le divorce, c'est elle qui l'a proposé, pas lui ! Moi, j'ai cru qu'il allait être libéré, libéré d'elle, de la culpabilité, des tensions. Mais il n'a pas supporté l'idée de se séparer d'elle ! Il l'a remise dans son lit, Solveig, pour la garder ! Jusqu'à l'engrosser !

Antoine donnait à Ambre de la douleur, de la rivalité, mais aussi, je le savais, de l'amour. Ce type, aussi paradoxal que cela puisse paraître, était dingue d'elle. À cette pensée, l'enfant envoya un coup de pied dans mon ventre comme pour me rappeler son existence. Aspirée par l'histoire d'Ambre, je finissais par faire corps avec elle, par empathie, ou par solidarité féminine. Je mis une main sur mon ventre pour faire savoir au bébé que j'étais là, je sentis l'arrondi, comme un ballon rempli. Et c'était bien ce qui nous distinguait Ambre et moi à ce moment-là, j'étais remplie, alors qu'elle était abandonnée, vide de l'homme qu'elle aimait.

– Écoute, Ambre, si tu ne veux plus que ses mots soient des intentions vides, donne-leur une valeur d'acte.

Elle écarquilla les yeux :

– Je ne comprends pas.

– Eh bien, il t'a avoué n'avoir pas réussi à quitter sa femme, prends-le au mot ! Réponds-lui « très bien donc reste avec elle » et la traduction en acte, c'est que tu ne le vois plus.

Et ce jour-là, nous passâmes un pacte : elle s'en tiendrait là, les mots étaient des actes, les mots ne pouvaient plus dire le contraire des faits.

BALLES D'ÉTÉ

Août 2010

Cette prise de décision lui avait donné force et fermeté mais insensiblement, comme une érosion progressive, la dépression s'infiltrait en elle, entamait sa résistance, et menaçait ses résolutions. Cette séparation s'apparentait à une déchirure et savoir qu'une autre femme portait l'enfant d'Antoine la plongeait dans des affres de douleur. Antoine la relançait sans cesse, il ne pouvait se résoudre à la perdre. La colère et la déception la protégeaient de lui. Mais ce n'était pas suffisant. Alors, nous proposâmes à Ambre de venir en vacances avec nous en Normandie. Nous arrivâmes le soir, l'herbe sentait l'humidité, le jardin avait un faux air de printemps, il avait beaucoup plu en juillet, les tiges avaient poussé désordonnées et les fleurs proliféraient, multicolores. Nous sortîmes la table en bois et Bertrand fit un barbecue, les enfants étaient excités d'être là, Ambre paraissait soulagée de s'éloigner de Paris. Nous restâmes longtemps à table, à la lueur des bougies, la conversation était entrecoupée de silences, Ambre et Bertrand sirotaient leur vin, je respirais les odeurs qui montaient de la terre. La nuit se leva, profonde, noire et étoilée. Nous étions confiants pour le lendemain.

Pendant trois jours Ambre dormit beaucoup, elle errait dans la maison avec des châles, des pulls inappropriés pour la saison. Elle avait tout le temps froid. Jude se collait à elle, instinctivement. Les enfants sentent ces choses-là, la tristesse quand elle sort du corps. Plaquer sa peau tiède contre elle était le remède qu'il avait trouvé. Ambre serrait ses bras autour de lui, plongeait son nez dans ses cheveux. Les yeux fermés, elle prenait de grandes inspirations, comme si la tête de Jude renfermait une réserve d'oxygène indispensable à sa survie.

Un matin, elle se leva tôt, avant tout le monde. En entrant dans la cuisine, je vis le pain frais sur la table, elle était habillée, ses cheveux un peu mouillés. Elle me servit à manger, prit des nouvelles de ma nuit et m'annonça qu'elle avait éteint son téléphone, complètement. Elle sortit une chaise longue pour que je sois bien installée et elle commença à s'activer dans le jardin, désherbant, taillant, ratissant. Je la regardais s'agiter, c'était comme un ballet de danse, sans souffle, sans respiration. À partir de ce jour, Ambre sembla reprendre goût à la vie. Le matin, nous allions ensemble au marché, acheter des produits frais de la ferme, puis nous prenions un café en terrasse en commentant la presse que l'on trouvait chez le buraliste.

L'après-midi, pendant que je faisais la sieste, Ambre, Bertrand et les garçons partaient en randonnée à vélo. Puis en fin de journée quand il commençait à faire plus frais, Ambre et Bertrand s'affrontaient au tennis, elle lui lançait des défis, annonçait le nombre de jeux qu'elle allait lui prendre. Elle amusait Bertrand, elle se débrouillait bien à ce sport mais elle était loin d'avoir son niveau. Le soir au dîner, nous avions le compte rendu du match, avec moult détails. Les enfants voulurent alors eux aussi jouer au tennis. Ce jeu devint leur activité préférée. Ils s'entraînaient dans le jardin et, en fin d'après-midi, Ambre et Bertrand les emmenaient sur le court. Pendant deux jours, affaiblie par un gros rhume, je perdis de vue leur programme et restai alitée. Le troisième jour, je m'éveillai aux aurores pour aller aux toilettes. En me recouchant, j'eus de la peine à trouver le sommeil, je me sentais angoissée, sans savoir pourquoi. Le jour se levait, le soleil envoyait des faisceaux lumineux dans la chambre. La silhouette des arbres se dessinait en ombre sur les murs blancs, les branches frémissaient, le vent devait souffler dehors. Bertrand respirait fort dans son sommeil. Allongée sur le dos, je posai machinalement mes mains sur mon ventre, pour dire bonjour au bébé. J'imaginais que ce simple geste pouvait le mener à moi, comme les dauphins viennent embrasser les doigts de leur instructrice. J'avais cette image en tête, c'est vrai qu'il baignait dans un environnement aquatique, les eaux utérines, mais ce n'était pas que cela, j'étais dans l'impossibilité de me le représenter comme un être humain. Je pensais à l'enfant comme à un poisson, incapable de savoir s'il serait fille ou garçon. Nous n'avions pas voulu savoir le sexe. Je n'osais plus croire à une fille, de peur d'être déçue. Nos combinaisons chromosomiques avec Bertrand semblaient produire uniquement des garçons. Mais le bébé dormait aussi. Je m'extirpai du lit, mes jambes me parurent frêles, je me traînai jusqu'à la cuisine. Je n'avais pas faim, je bus un thé machinalement. Je m'ennuyais. Je parcourus un journal qui traînait sans parvenir à me distraire. Je m'installai dans le canapé du salon. « Pourquoi les autres ne se levaient-ils pas ? » La maison était étrangement silencieuse, j'essayai à nouveau de me connecter à mon compagnon le plus proche, mais il ne bougeait pas. Je tapotai mon ventre, sans rien déclencher. Habituellement, sa tête ou son pied soulevait ma peau, comme s'il effectuait une reptation. Je plaquai mes mains sur mon ventre et me concentrai intensément, mais je ne perçus que silence et immobilité. Je me mis à paniquer, ma poitrine se serra, à ce moment-là Bertrand passa la tête dans l'entrebâillement de la porte, il ébaucha un sourire :

– Ah, tu es là ?

Il voulut venir m'embrasser. Mais soudain je lâchai effarée :

– Le bébé ne bouge plus !

UNE FEUILLE DANS SES BRAS

Août 2010

Nous partîmes à l'hôpital le plus proche. Dans la voiture, je pleurais. Je pensais aux poissons morts qui flottent, le ventre gonflé à la surface de l'eau. Bertrand ne parvenait pas à me rassurer, à contrer ces images qui m'assaillaient, corps visqueux et blancs, comme des radeaux à la dérive dans des eaux putrides. Il n'y avait pas de médecin, je déclinai mon identité à une sage-femme, je racontai le rhume :

– ... Oui, un virus sans doute...

– Vous aviez de la fièvre ?

– Je ne sais pas.

– Vous ne l'avez pas prise ? Vous êtes médecin, c'est ça ?

Elles n'en rataient pas une, infirmières, sages-femmes, pour s'octroyer une petite revanche sur le corps médical, chaque fois que c'était possible.

Elle finit quand même par faire la seule chose qui importait : brancher le monitoring. Elle fixa les électrodes sur mon ventre, avec une ceinture en Velcro,

Bertrand était à côté de moi, elle fit exprès, je pense, de ne pas mettre le son, nous regardions le tracé, il y avait des petites déflexions, on ne savait pas ce que cela voulait dire, on ne savait plus. Elle se recula pour bien voir l'écran, plaça ses mains sur ses hanches et d'un ton infantilisant lâcha :

– Eh bien, vous voyez, ce n'était pas la peine de paniquer. Il va très bien ce bébé !

J'eus du mal à me remettre de cet épisode. En Normandie, je ne me sentais plus en confiance. La semaine suivante, j'avais rendez-vous avec le gynécologue, à Paris, je préférai m'y rendre. Il prit les choses au sérieux et demanda que tous les examens, monitoring prolongé, échographie, soient recontrôlés dans son service.

À la fin de la matinée, il vint me voir. J'étais dans un fauteuil, il posa sa main sur la mienne qui reposait sur l'accoudoir, et me sourit, son regard était bienveillant :

– Le bébé va bien, Solveig. Il ne faut plus vous inquiéter. Par contre, vous allez devoir lever le pied, le col est effacé. Si le bébé arrive maintenant, c'est un peu tôt quand même. Restez tranquillement chez vous une quinzaine de jours, et tout se passera bien.

Il me déconseilla de reprendre le train. Il restait une semaine de vacances aux enfants, je convainquis Bertrand de retourner là-bas pour finir le séjour. Ambre avait assuré leur garde pendant que nous étions partis.

Paris s'était vidé, il faisait une chaleur lourde. Je prenais des bains d'eau froide, suspendais mes jambes à la verticale. Les enfants me manquaient. J'imaginais leur vie à la campagne, leur journée, parfois je leur téléphonais pour me rapprocher d'eux. La plupart de mon temps, je le passais à dormir, ce n'était pas précisément ce qu'avait recommandé le gynécologue, mais l'ennui conjugué à de longues périodes de lecture finissait par avoir raison de ma vigilance et je trouvais refuge dans le sommeil. Souvent, je regardais la ville depuis ma fenêtre, j'inventais des vies aux passants, la vie semblait exister au-dehors, et j'en étais exclue, spectatrice recluse d'un film auquel je ne pouvais plus participer.

Quand enfin ils rentrèrent, l'animation reprit. Les garçons, en forme, ne tenaient pas en place. J'aimais ce tourbillon de bruit et de désordre qu'ils semaient. Les repas étaient gais. Ils avaient ramené de Normandie la bonne humeur, et je commençais à voir la fin de ma grossesse comme la dernière étape d'une randonnée en montagne. Bientôt se dessinerait l'arrivée après un dernier effort qui me semblait à ma portée. Ambre était désormais ma seule inquiétude. J'avais été surprise de la retrouver aussi tendue et le regain qu'elle avait amorcé en Normandie semblait s'être évanoui. En dépit du soleil qu'elle avait pris là-bas, son teint restait terreux, je remarquai qu'en une semaine de temps, elle avait maigri. Je lui proposais de passer des moments avec elle. Mais elle préférait s'isoler et répétait : « Je ne veux pas être une charge pour vous. » Elle m'expliqua que revenir à Paris s'était avéré beaucoup plus difficile qu'elle ne l'avait imaginé, comme si la ville enfermait dans ses murs la présence d'Antoine. Les lieux actualisaient ses souvenirs, les rendaient prégnants. Antoine, lui, n'avait pas renoncé. Il ne se remettait pas de cette rupture. Il essayait de la joindre en permanence. Elle ignorait ses appels. Ils n'avaient plus échangé un seul mot, il n'avait pu s'expliquer. Car Antoine était discrédité, il avait péché par les mots, elle le punissait par le silence.

Un jour, nous étions chez elle, le téléphone vibra sur la table. Ambre coupait toujours sa sonnerie. Elle s'interrompit, je vis son regard nerveux vers le mobile et son corps se tendre. C'était ce que nous avions décidé, ensemble : il fallait qu'elle se préserve, qu'elle reste à distance de lui. Il s'agissait de ne pas répondre. Le téléphone se tortilla sous nos yeux. Il fit un quart de tour sous l'effet de la vibration et l'écran s'alluma. Elle le regarda de loin. Elle se contenait devant moi. Elle dit : « Je n'aime pas ces appareils. » L'appareil se remit à vibrer. Il occupait toute son attention, je compris qu'elle ne tenait plus, que chaque vibration était un supplice, une tentation. Elle se jeta sur la table et empoigna l'engin. « C'est lui ! Pas de message comme d'habitude ! » Cela faisait des semaines qu'elle bloquait ses appels, qu'elle luttait, et brutalement elle allait chavirer sous mes yeux ? Pourquoi à ce moment-là ? Qu'est-ce qui lui traversa l'esprit ? Elle m'adressa un regard bref pour me demander de ne pas la juger, puis elle se jeta sur le téléphone, tripota nerveusement les touches, se tourna et composa un numéro.

– C'est moi. Tu m'as appelée ? lâcha-t-elle dans un souffle.

– Oui, Ambre ! C'est toi, enfin ! Pourquoi tu ne me répondais pas, je n'ai pas arrêté de t'appeler ? demanda Antoine.

– Mais parce que je ne pouvais pas.

– Tu es où ?

– Dans la rue, mentit-elle.

– Viens ! J'ai tant à te dire. Tu me manques tellement, Ambre…

Elle ne répondit pas.

Il insista :

– Viens, j'ai envie de te voir, je suis à bout. Il faut que je te parle, Ambre, que je te dise tout. Tu vas comprendre. J'ai pris un appartement, un lieu pour nous. Je t'envoie l'adresse.

Elle raccrocha. Tout à coup, elle enleva son jogging, enfila un jean, attrapa ses bottines à talon, courut se brosser les cheveux et les dents.

– Ambre !

Elle m'ignorait, elle cherchait son sac, ses clés, elle était fébrile.

– Ambre ! Qu'est-ce que tu fais ? Ambre !

Elle mit sa main sur la porte, elle allait partir.

– Ambre ! criai-je en l'attrapant par l'épaule.

Elle se retourna brusquement, elle planta ses yeux dans les miens, il y avait une lueur de folie dedans :

– Il a dit « viens, j'ai envie de te voir ». Quand il parle, il laisse traîner la fin de ses phrases et après il se tait. Et moi dans le silence qui suit, j'entends ses mots qui résonnent, j'imagine sa bouche murmurer près de mon oreille, « viens ». Et là, Solveig, je n'en peux plus de résister, là, je suis sous l'emprise de sa voix, cette voix qui fait naître les images. C'est ça, son pouvoir sur moi. Il prononce « viens » comme il dit « j'ai envie de toi, de te prendre, de t'emmener ».

– Ce n'est pas raisonnable, Ambre.

– Je ne suis pas raisonnable ! Je n'y arrive pas. Oui, je ne devais plus y aller ! Oui, je voulais tout arrêter, c'est vrai. Mais j'ai une volonté de papier ! Voilà ! Je me couche sous le timbre de sa voix, je me rends sous ses mots. Je suis une femme qui ne tient pas.

– Ambre…

– Je sais, Solveig, tu as raison, mais je n'en peux plus. Ma voiture va filer vers lui. Je n'aurai plus de pensée. Je saurai simplement que je vais à lui. Je monterai les escaliers, comme une somnambule, calme et déterminée. J'appuierai sur la sonnerie. J'attendrai. J'entendrai ma respiration. Il viendra derrière la porte. Je baisserai les yeux. La porte s'ouvrira. Je ferai un pas. Ses bras me cueilleront. Je serai une feuille, dans ses bras. Il caressera mes cheveux comme on lisse la nuque des enfants. Je serai collée contre son épaule, mes yeux se fermeront sur sa chemise et son odeur rentrera dans moi. Je respirerai très fort sous ses baisers, je ne le regarderai pas. D'abord, je le reniflerai. Je veux me gorger de lui ! Tant pis, Solveig, tant pis !

2 novembre 2010

Elle avait la vie qui palpitait en elle.
Des excès, des grands écarts.
Ambre, une danseuse ?
Non.
Fragile acrobate, sur le fil du rasoir,
T'es-tu taillé les veines ? T'es-tu précipitée ?
Pourquoi tout ce sang ! Tout ce sang !

UN CADEAU

21 septembre 2010

– Non, c'est vrai tu avais raison, mille fois raison, je n'aurais pas dû y retourner. Un appartement pour nous ? Tu parles ! Encore un truc qu'on lui a prêté. Il ne quittera jamais sa femme. Elle a gardé le bébé et ça, je ne peux pas le supporter. Il ne faut plus que je le voie, il faut que je l'oublie, que je passe à autre chose. C'est sûr, c'est ça qu'il faut que je fasse.

– Je ne trouve pas que ce soit bon signe, toutes ces injonctions. Tu verras, le jour où tu seras vraiment prête, tu n'auras plus besoin de te dire « il faut ». Les choses viendront d'elles-mêmes. Pour l'instant, on dirait un médicament que tu veux t'administrer de force.

– Hum, oui, peut-être.

Un silence. Ambre reprit en s'exclamant :

– On n'est pas pareilles, Solveig, c'est tout ! Je n'ai pas de continuité dans mes décisions, j'ai besoin de ma volonté pour donner de la fermeté à mes choix, tu comprends ? Sinon, je n'arrive pas à avancer, je retourne en arrière, je n'arrête pas de faire toujours les mêmes conneries.

– Ce que je veux dire…

– Je sais très bien comment tu penses, me coupa-t-elle ! Tu penses comme un médecin ! On est un peu ce que l'on fait, non ? Moi, je fais de la mode, tu vois, ça me ressemble : dans la mode, tout est éphémère et finalement tout revient. Tout se répète. Regarde !

Elle me tendit la pièce qu'elle était en train de fabriquer, une jupe en soie, presque mousseuse.

– La matière que je travaille est légère, tu crois que c'est un hasard ? Et si je fabrique des vêtements pour les femmes ? Tu crois que cela vient d'où ? Je n'aurais pas pu faire de la sculpture ! Tu sais pourquoi ?

En guise de réponse, elle tapa sur son plexus et sur son ventre :

– Parce que là, ce n'est pas solide. Manque de consistance ! Ce n'est pas par hasard, Solveig, si je travaille sur l'enveloppe, c'est parce que mon noyau est faible, son armature est fragile. Il faut pouvoir masquer, enjoliver tout ça. Et toi, c'est tout le contraire, tu es dans le dur, la vie, la mort, au cœur des êtres et des intimités et tu portes comme un roc. Je n'ai pas ta force, Solveig !

Et que pouvais-je dire ? J'avais déjà pensé cela d'Ambre, sa vacuité, ce besoin qu'elle avait de se gaver d'amour, de l'autre, de se remplir, d'épouser le monde des hommes avec qui elle vivait. J'étais juste étonnée de sa lucidité. Elle était partie dans ses pensées et tout d'un coup elle m'assena :

– Tu es toubib jusqu'au bout des ongles ! Même quand tu me parles, tu cherches à me protéger, tu me fais des prescriptions de vie ! Je suis comme ça, Solveig ! Je vais me griller, c'est sûr, je vais me griller à la vie. Tant pis ! Accepte-moi comme je suis, avec mes erreurs de parcours, mes répétitions ! J'y arrive bien, moi !

– Je peux aller aux W-C ? lui répondis-je.

Elle me regarda avec tendresse, elle savait qu'elle y était allée un peu fort.

Je tournai les talons et m'enfermai dans les toilettes.

J'eus du mal à me déshabiller, à descendre ma culotte. Elle était trop petite, elle me cisaillait les cuisses. Quelques gouttes roulèrent sur mes jambes. Je m'écrasai sur la lunette pour interrompre l'incontinence, mes fesses dépassaient de part et d'autre de la cuvette. Je pissai au lieu de pleurer, ne ressentant aucun soulagement au passage du liquide chaud et tendu.

Je pris du temps pour me rhabiller tellement je me sentais secouée par ma conversation avec Ambre. Je la trouvais ingrate, moi qui étais toujours là pour elle.

Quand je revins dans la pièce, elle me tendit un paquet enveloppé dans du papier crépon parme entouré de petits lacets de cuir :

– C'est pour toi, modèle unique ! s'exclama-t-elle.

Dans cet emballage qu'elle avait fait de ses mains, je trouvai une très jolie robe, fluide, légère. Je caressai le tissu :

– C'est beau.

– Tu ne veux pas l'essayer ? Je l'ai faite de mémoire, mais ton ventre n'arrête pas de pousser !

– Si, bien sûr !

Je préférais ne pas me dévêtir devant elle. Je gagnai la salle de bains.

J'enfilai la robe avec précaution. Elle glissa sur moi comme une évidence. Tout était raffiné, le tissu, un voile de viscose gris et émeraude, allait parfaitement à mon teint. Les bords étaient sertis d'un galon violet cousu avec minutie. C'était une robe portefeuille qui se nouait juste sous la poitrine, le décolleté en V mettait mes seins en valeur, la longueur semblait parfaite. Habituée à me voir déformée, là, je retrouvais ma nature de femme. Je me regardai de dos, de profil, dans le miroir sur pied. Je n'étais plus contrariée, j'avais comme un rayon de soleil dans le cœur. Chez Ambre, aucun objet ne paraissait anodin, même dans la salle de bains. La vasque était en céramique ancienne et la robinetterie en laiton, elle avait fabriqué elle-même ses étagères avec des planches de chantier qu'elle avait peintes en blanc puis cirées. Je touchai les draps de bain d'un moelleux rare, son peignoir ressemblait à une œuvre d'art qu'elle avait dû concevoir pour qu'il lui aille à merveille. Dans un angle, se trouvait une série de petits casiers où elle avait disposé ses bijoux et ses crèmes. J'ai toujours aimé les salles de bains de femmes. Je crois que cela me faisait penser à celle de ma mère. Petite, j'y passais des heures à tester tous ses produits de beauté. Chaque fois que j'en avais l'occasion, j'étais reprise par mes automatismes de gamine curieuse et j'inspectais tout. Ambre avait peu de maquillage, pas de parfum, juste quelques crèmes. Je reniflai les pots. Habituée à cet exercice, j'identifiai certaines senteurs qui me parurent familières, il me sembla même reconnaître l'odeur de la crème que Bertrand m'appliquait après les séances de laser. Insatiable, j'admirai les boucles d'oreilles et les colliers, et fus prise d'envie de les essayer quand j'entendis la voix impatiente d'Ambre derrière la porte.

– Alors ? C'est comment ?

Je sortis.

– C'est superbe, Ambre !

Elle se recula, m'inspecta, son grand sourire s'élargit et elle dit :

– Oui, tu es très belle.

C'est le lendemain que je reçus son texto. Il y avait eu un dégât des eaux, une inondation :

« Le Store est foutu », elle ne pourrait pas ouvrir avant des mois. La bataille des assureurs avait commencé, chacun se renvoyait la balle. « C'est trop, Solveig, je n'en peux plus. » Ambre quittait Paris pour un temps indéterminé. Je ne sais pas où elle est allée. Elle n'a pas répondu à mes messages. Elle ne m'a pas donné de nouvelles, non plus.

2 novembre 2010

Elle était ivre, le vin carmin dans sa bouche.
Puis le sang sur son front.
Funambule sur le parapet, elle a titubé.
Ses talons aiguilles sur la gouttière vraiment ?
Pourquoi ne pas les avoir retirés ?
Il avait plu, l'eau était comme de l'huile,
elle a glissé.
Sa jupe remontée sur ses cuisses, en cuir,
étroite, une peau détroussée.
Les mœurs lestes.
Les morts restent.

SCÈNE PRIMITIVE

15 octobre 2010

L'automne était arrivé en avance, l'enfant se faisait attendre. Mon quotidien s'organisait autour des garçons, de la maison, je sortais peu, juste pour aller faire les courses. Partie dans l'idée d'acheter le strict minimum, la couleur et la fraîcheur des étals m'avaient poussée à quelques emplettes supplémentaires. Dans les escaliers, je regrettai mes achats. Mon corps devenait lourd, difficile à hisser, comme si tout mon être avait été absorbé dans ce ventre proéminent. Avec mes nouvelles dimensions, il fallait oublier la verticalité, maintenant je ressemblais à un globe, mais un globe terrestre tout de même ! Pas de gestation sans mégalomanie, la parturiente est forcément toute-puissante, elle porte l'univers. Une mappemonde remplie d'écorce, d'eau et d'œdème. Des lacis veineux comme autant de rivières brunâtres parcouraient ma peau : varices sur les jambes, vergetures sur les flancs. Je portai les paquets comme un cheval de trait. Le basset des Cévennes. L'âne provençal. Oui, j'avais envie de braire ! Derrière moi, à l'étage du dessous, des pas se rapprochaient, je m'arrêtai pour calmer les battements de mon cœur, lâchant les courses à mes pieds. L'air me manquait. La vieille du quatrième me dépassa. De nos jours, les retraités devenaient de plus en plus alertes. Les sacs de provisions avaient cisaillé mes doigts, je les regardai violacés, tuméfiés. J'essayai de m'encourager en pensant qu'il ne restait plus que deux étages, mais je savais que chaque marche me ferait souffler comme une vache. Je ne pouvais plus me plier, je fléchis les jambes pour attraper les sacs, mes cuisses eurent du mal à me relever. Je m'aidai de la rampe pour redémarrer. J'arrivai enfin dans le couloir. Normalement, il s'allume automatiquement, mais ce jour-là, la mécanique était en panne.

Est-ce parce que j'étais dans l'obscurité que j'ai entendu ? Dans le noir, les sons sont décuplés.

Je perçus un gémissement, comme un relâchement imperceptible. Je m'immobilisai, scrutant le silence. Rien. Au moment de repartir, devant la porte d'Ambre, j'entendis des petits cris, comme une femme qui ne peut contenir son excitation. Qu'est-ce qu'il lui faisait pour qu'elle vocalise, pour qu'elle en redemande comme une chatte qui appelle le mâle ? Ambre ? Était-ce elle ? Elle était de retour ? Et lui qui était-il ? Elle venait de lâcher des mots, elle lui parlait à lui, à son partenaire, à celui qui la faisait gémir. Qu'est-ce qu'il lui mettait ? La langue ? Autre chose ? Quelque chose de doux, il lui faisait quelque chose de doux. J'étais pétrifiée devant la porte, je n'avais pas à assister à leurs ébats.

J'ai craint qu'ils n'entendent mes pas, ma respiration, que je sois démasquée, moi la grosse aux aguets qui auscultait sa voisine, qui écoutait à sa porte. J'ai essayé, avec toute la légèreté qui me caractérisait, de partir sur la pointe des pieds. Mais ils m'ont rattrapée, le lit a claqué, bruits secs qui s'accélèrent, l'intensité montait avec leurs halètements. Il y avait de l'énergie, ils se défonçaient, il la pilonnait sans relâche. Elle a gémi, elle a crié, et lui aussi il râlait, c'était la vie qui sortait de leur gorge. Que les cloisons étaient minces, se doutaient-ils qu'on pouvait les entendre à ce point ? Emportés par le plaisir, le monde n'existait plus pour eux, il allait jouir maintenant et elle l'encourageait, avec des mots, elle disait : « Vas-y, oui, c'est bon, envoie, viens gicler. » Oui, j'ai entendu ces mots et je l'ai entendu jouir en elle. Je me suis écartée d'eux, j'ai rejoint ma porte, j'aurais dû être heureuse pour eux. Des retrouvailles ? Ambre avait peut-être renoué avec Antoine, ou alors était-ce un homme nouveau ? Mais j'avais la gorge nouée, ma respiration était suspendue au-dessus de mon ventre, ce n'était pas le bébé qui prenait toute la place, c'était comme un coup de poing dans les entrailles, un coup de couteau dans mes organes, l'estomac troué, le foie qui saignait, la bile qui coulait. Mes tempes battaient, allais-je défaillir ? La pulsation sur mes tempes m'a envahie comme une vague tandis que le bruit revenait dans mes oreilles de cet homme qui jouissait : je connaissais son timbre.

2 novembre 2010

J'ai cru que je comptais pour elle.
Nous sommes tous ses objets.
Sans distinction, pour se remplir.
Pas de lien, pas de promesse,
La vie entre ses cuisses
C'est tout.
J'ai perdu la tête. Complètement.

SON PULL NOIR EN CACHEMIRE

15 octobre 2010

Les mains tremblantes, j'ai enfoncé la clé, j'ai poussé la porte, mes jambes chancelantes ne me tenaient plus, je suis tombée à terre, la douleur était telle que je me suis allongée, j'étais sur le côté les cuisses remontées, je tenais mes genoux contre moi, pour ne pas me désintégrer. Couchée en chien de fusil, j'imitais la pose de mon enfant à l'intérieur de moi, je n'avais plus que lui, puisque tout était parti. Nous étions emboîtés, mais contrairement à lui, j'étais un fœtus sans ventre, sans peau, sans eau, sans chaleur, avec pour seule paroi le froid du carrelage, la dureté du sol. Mon cœur battait fort dans ma poitrine, je ne parvenais pas à le ralentir, je me suis dit « je vais mourir », je ne vais pas tenir ce rythme « ça va trop vite », il cognait contre mon thorax, des coups de pied qui défonçaient mes côtes, j'étais vandalisée de l'intérieur, détruite à coups de lattes, piétinée. J'ai regardé autour de moi, ma maison que j'aimais, mon foyer, mon refuge, tout cela n'avait plus de sens. J'ai pleuré à me vider, j'ai pleuré de douleur. Les larmes de tristesse sont douces comme une pluie qui lave, mais les larmes de douleur ne soulagent pas, elles sont juste un cri, pour que la douleur sorte, un cri d'incompréhension et de désarroi innommables. J'ignorais l'heure et combien de temps j'étais demeurée à terre, les légumes avaient été projetés à l'extérieur des sacs et gisaient à côté de moi. J'ai appuyé mon front contre le sol, les carreaux faisaient comme une compresse froide sur ma peau amochée, j'étais sonnée, je ne pouvais pas rester ainsi, j'ai pensé à mes fils, j'ai fermé les yeux pour stopper les images, j'ai senti mon enfant qui vivait, une palpitation, il me faisait signe, je me suis relevée, j'étais une mère.

J'ai passé mon visage sous l'eau froide. Dans le miroir, au-dessus du lavabo, je me trouvai laide et vieille. J'ai rentré les courses, j'avais besoin d'ordre, j'ai nettoyé la cuisine. Peu de temps après, les garçons sont arrivés, tous les trois ensemble, comme une équipe. Ils étaient étrangement calmes, Robin a proposé à Thomas de lui lire une histoire. Avait-il senti mon désarroi, mon incapacité ? C'était l'aîné et il suppléait. Je ne me suis pas débattue, je l'ai laissé faire, je suis même venue avec eux sur le canapé. Nous étions, Thomas, Jonas et moi, suspendus à ses lèvres, il lisait bien, mettait l'intonation, jouait tous les rôles. Nous étions blottis les uns contre les autres, Jonas a passé son bras autour de mon cou pour me rapprocher encore un peu plus, je me suis assoupie contre lui. Quand je me suis réveillée, les images m'ont assaillie, on connaît la mémoire ranimée par une odeur, mais l'on ne suspecte pas les images qui peuvent naître d'un son, d'un gémissement. J'ai tenté de les chasser, les pensées se bousculaient, la tristesse m'imprégnait. J'ai essayé de fuir ce sentiment, je ne voulais pas être dans l'autoapitoiement et j'avais besoin de toute ma lucidité pour faire face à la situation. J'ai ramassé le linge, je l'ai plié et déposé dans le placard des enfants.

J'ai rangé ma chambre, je suis tombée, dans un coin du lit, sur le pull noir en cachemire que portait Bertrand la veille. Il se trouvait là comme un animal endormi, un chat pelotonné sur lui-même, j'ai plongé mon nez dans sa fourrure, les larmes me sont venues.

Le soir, Bertrand est rentré, il paraissait enjoué, sa voix était la même, son regard aimant. Nous avons dîné en famille. Après le coucher des enfants, Bertrand a proposé que nous regardions un film ensemble, il m'a tenue dans ses bras. Il a voulu rester encore devant la télé, je me suis retirée dans la chambre. J'étais perplexe. Avais-je tout inventé ? Que s'était-il réellement passé ? J'ai ouvert le lit, le pull noir en cachemire est tombé à terre, je l'ai ramassé, je l'ai pressé sur mon visage, c'était doux comme un souvenir d'enfant, c'était doux comme une consolation.

LE DOUTE

16 octobre 2010

Le lendemain, je ne me suis pas levée. J'ai feint l'épuisement. J'ai écouté leurs bruits, je les ai entendus se préparer. La porte a claqué, je me suis redressée dans le lit. Qu'est-ce qui était vrai ? Avais-je bien entendu ? Le doute m'a envahie. Avais-je fabriqué tout cela ? Je repensai à Bertrand la veille, il était le même homme, celui que j'avais toujours connu. Pas l'ombre d'un changement. Et Ambre, comment en étais-je arrivée à penser qu'elle était capable de cela, elle, mon amie, ma sœur d'âme ? Tout d'un coup, je secouai la tête, tout cela m'apparaissait complètement fou, et je m'en pris à moi-même. Comment avais-je pu, un seul instant, les soupçonner ? Par quel truchement de ma pensée étais-je parvenue à imaginer cette chose ? Était-ce la déception de découvrir qu'Ambre rentrée ne m'avait pas fait signe ? Était-ce l'effarement de la savoir déjà avec un nouvel homme ? Était-ce de l'envie ?

L'idée que tout cela ne puisse être qu'une production de mon esprit me donna un peu de répit.

Le poids de la douleur s'allégea. Je trouvai la force de me lever et de m'habiller. Je compris qu'il ne fallait pas que je reste chez moi, j'avais besoin d'air dans mes pensées. La lumière pointait dehors comme une promesse, le signe que tout cela n'avait pas existé. Je pris la décision de sortir. En passant devant la porte d'Ambre, je fus terrassée, toute la scène me revint en mémoire avec une précision sans faille. Je vis leurs corps s'aimer, la passion embraser Bertrand, sa folie d'y succomber. J'entendis leurs halètements, les gémissements qu'il faisait naître d'elle, le plaisir qu'il prenait, les mots qu'ils se disaient, je découvrais un autre homme.

Je courus dehors pour m'éloigner de ce lieu.

J'avais mal. C'était dans le ventre que j'avais le plus mal. Bertrand disait que seul mon ventre pouvait l'accueillir. Mon ventre était trahi. En marchant, j'essayai de reconstituer les éléments, la chronologie, depuis quand ? Quand les choses n'ont pas été dites, on ne sait pas où commence le mensonge ni où il s'arrête. Toutes les époques sont recouvertes de doutes et d'interrogations. De ma vie, il ne restait que des fragments sans cohérence. J'ai pensé à ceux qui perdent un être sans que le corps leur soit jamais restitué. À ce moment-là, oui, j'aurais préféré avoir le corps de l'histoire, et savoir.

J'ai marché, j'ai cherché le soleil, partout dans les rues larges, sur les avenues sans ombre, sur les bancs dans les parcs dépeuplés. J'ai regardé les fleurs d'automne, les arbres désossés, la crasse polluée des rues, les murs de la capitale, tagués, salis. J'ai vu une femme sur une affiche à moitié arrachée, une partie de son corps hoquetait dans le vent, sur le papier déchiré. Je me sentais comme cette fille détachée, sans consistance, balayée par le vent, à l'agonie, pleine de soubresauts, prête à mourir à tout moment, noyée dans une flaque d'eau, engloutie dans une bouche d'égout.

J'ai déambulé longtemps, pour ne pas laisser le champ aux mauvaises pensées. Parfois elles m'assaillaient sans que je m'en aperçoive, je me reprenais comme on se met une claque, pour les repousser. Avec la fatigue, le calme revint et l'idée que c'était moi qui fabriquais tout cela, qu'il y avait une forme de plaisir à convoquer ces images, à m'imaginer trompée, à être une victime. Je ressentis de la honte de m'être abandonnée à ces idées, et la culpabilité m'envahit d'avoir instrumentalisé Bertrand et Ambre, dans le but de me faire souffrir. La colère se mit à grandir contre moi, contre eux, comme un tumulte, je ne savais plus de quoi elle était faite, sinon qu'elle agissait comme un puissant moteur, pour m'empêcher de penser, comme une force pour stopper les images et arrêter d'avoir mal ; la colère pouvait influer le cours des choses, la haine ne servirait qu'à détruire.

Je suis allée chercher les enfants à l'école, c'était une belle journée d'automne, un jour d'été indien perdu dans l'hiver qui s'annonçait. Ils n'avaient pas envie de rentrer tout de suite, j'étais rompue de fatigue, le ventre dur, plein de contractions, mais j'acceptai d'aller au parc. Je m'affalai sur un banc isolé, pour ne parler à personne, juste pour les regarder. Leur joie de vivre et leur énergie me réchauffèrent le cœur, j'étais calme à l'intérieur, comme après le déferlement d'une tempête. Je me promis de ne plus céder à la panique, de ne pas chercher à relever les indices. Tout était une question de regard et de volonté. J'avais le pouvoir de modeler la réalité : le doute et la suspicion me feraient toujours trouver des preuves, mais je pouvais aussi croire, avoir confiance en l'amour de Bertrand, puisque hier en pleine déroute, je l'avais ressenti.

ICTUS

18 octobre 2010

L'envie d'uriner m'a réveillée tôt le matin. J'ai regardé ma montre, inutile de me recoucher, il était 6 heures et demie. Cela faisait plusieurs jours que mes nuits étaient fragmentées. Dehors l'aube s'estompait. Bientôt toute la maison s'éveillerait. J'ai décidé de préparer le petit déjeuner. J'étais devenue lente mais ce rythme s'accordait au silence matinal. J'ai fait fondre du chocolat dans une casserole, puis j'ai ajouté du lait, le feu a chauffé doucement, je faisais ça pour les enfants. Puis j'ai coupé du pain, je l'ai mis à griller, j'ai sorti le beurre, les confitures, le miel. Machinalement j'ai lancé le café de Bertrand, et j'ai dressé la table. Je les ai attendus. Bertrand est arrivé le premier, il s'est étiré.

– Tu es réveillée depuis longtemps ? a-t-il dit en bâillant.

– Non pas trop. Je vais aller voir si les enfants sont levés.

Et je me suis esquivée.

Une heure plus tard, ils étaient sur le point de partir. On ne s'est pas beaucoup parlé avec Bertrand. Au moment de passer la porte, il m'a demandé :

– Tu vas faire quoi aujourd'hui ?

– Je vais aller voir mon père.

Il a hoché la tête, m'a embrassée et il est parti.

Parfois Bertrand pose des questions sans écouter la réponse. Pour meubler un silence ou pour trouver quelque chose à dire au moment de se quitter, une formule de circonstance. Je rendais rarement visite à mon père. En général, c'était plutôt lui qui passait nous voir, il habitait dans le même arrondissement, à quelques stations de métro. Mais il venait toujours à pied, il se déplaçait ainsi dans Paris. Il se promenait beaucoup, à soixante-dix ans, c'était un homme alerte, vivant. Ce jour-là, c'était l'anniversaire de la mort de Maman. Bertrand l'avait oublié. J'ai pensé qu'il valait mieux être avec mon père, qu'il ait de la compagnie. Ou peut-être que je n'avais pas envie de rester seule ? J'ai composé son numéro pour savoir où nous allions nous retrouver.

– Papa ?

Il n'a pas répondu, puis après un silence :

– Qui est à l'appareil ?

– C'est moi, c'est Solveig, Papa.

– Ah ! Comment vas-tu ma chérie ? Quelle heure est-il ? Quel jour sommes-nous ? Tu sais où est ta mère ?

– … Papa, il est 9 heures, tout va bien ?

– Tout va bien. Tout va bien. Quelle heure est-il ? Tu sais où est ta mère ?

– Papa, il s'est passé quelque chose ? C'est Solveig, je viens Papa, je viens chez toi.

– Tu viens chez moi ? D'accord chérie.

– Ne bouge pas, Papa, j'arrive.

– Oui, chérie. Quel jour sommes-nous ? Tu sais où est ta mère ?

Je suis partie immédiatement, j'ai pris un taxi. En arrivant, j'ai trouvé mon père habillé, tout était normal en apparence, mais comme au téléphone quelques minutes plus tôt, il continuait de me poser toujours les mêmes questions. Je lui répondais, je lui rappelais que Maman nous avait quittés quatre ans plus tôt. Il semblait comprendre ce que je lui disais, mais au bout de quelques secondes, il me demandait à nouveau la date et si je savais où était ma mère. Ce que je craignais se formalisait en deux mots du lexique médical : « ictus amnésique ».

– Papa, je vais t'emmener faire quelques examens dans mon service.

À notre arrivée, toute l'équipe avec laquelle je travaillais se mobilisa pour obtenir les examens rapidement, mes collègues étaient touchés de me voir, sur le point d'accoucher, m'occuper de mon père. Sa mémoire était bloquée comme un disque rayé, on ne savait pas pourquoi. Il n'avait pas fait d'AVC, tous les examens étaient bons. Il comprenait parfaitement tout ce qu'on lui disait mais il n'arrivait tout simplement pas à mémoriser l'information qu'on lui donnait. Nous sommes rentrés chez lui, pour rester le plus possible dans son environnement habituel, afin de lui donner toutes les chances de récupérer. J'ai averti Bertrand de la situation :

– Je vais rester auprès de lui, le temps qu'il retrouve ses esprits.

J'étais épuisée d'entendre ses sempiternelles questions, j'avais du mal à lui répondre.

C'était quand même incroyable que ce dérapage arrive ce jour-là, il aurait fallu que je lui martèle à longueur de journée que sa femme était morte précisément ce jour-là, quatre ans auparavant. J'ai préparé à manger. Au moment de s'asseoir à table, il a encore demandé la date, j'ai répondu, factuelle :

– Nous sommes le 18 octobre.

Il a servi le vin, j'ai vu son menton trembler et, sans me regarder, il a dit :

– Merci d'être venue.

Plus tard dans la soirée, je lui ai raconté cette journée que nous avions traversée, il est resté silencieux. Il a protesté juste pour la forme quand je lui ai annoncé que j'allais rester dormir ici :

– Dans ton état, Solveig… Tu serais mieux chez toi.

Je n'en étais même plus sûre.

– Cela ne me dérange pas, Papa. Si tout va bien demain matin, je rentrerai chez moi.

Le soir, nous avons regardé un film que nous aimions beaucoup tous les deux : *Parfum de femme*, il était un peu ce personnage mythique, ce colonel aveugle et handicapé, et moi le jeune appelé qui l'assistait.

AU SOL

19 octobre 2010

J'ai regretté d'avoir pris le métro pour rentrer de chez Papa, mais j'avais hâte de voir les enfants avant qu'ils ne partent à l'école. Quand les portes du wagon se sont ouvertes, il y a eu une bousculade, une entrée massive de voyageurs, je n'ai même pas eu le temps de sortir. En une fraction de seconde, j'ai compris que j'allais rester prisonnière du métro. Alors j'ai pris une inspiration et les épaules rentrées, protégeant mon ventre, j'ai foncé dans la cohue pour m'échapper de la rame. Des passagers en colère m'ont insultée. La sonnerie retentissait quand j'ai passé les portes, elles se sont refermées sur moi comme une guillotine à laquelle j'échappais de justesse. À peine les avais-je franchies que je me suis sentie attirée par l'arrière, je me suis retournée et j'ai vu mon manteau coincé dans la porte. Tout est allé très vite, le regard écarquillé des passagers dans le métro, ma stupéfaction, leur panique, la fin de la sonnerie. Dans un réflexe, j'ai tiré d'un coup sec en pivotant mon torse de toutes mes forces et le tissu a cédé. Le métro est reparti, emportant un fragment qui aurait pu être moi. Éreintée, je me suis accroupie sur le quai pour récupérer avant de m'engouffrer dans le couloir pour atteindre l'escalator. Quand je suis sortie à l'air libre, j'ai eu l'impression que la Terre m'avait recrachée à l'extérieur dans la marée humaine. La foule impersonnelle se collait à moi, m'emportait dans son flux, contre ma volonté. J'ai réussi à m'en extirper en nageant à contre-courant. J'ai repéré la boulangerie, elle m'est apparue comme un havre de paix. J'y ai acheté des viennoiseries pour le petit déjeuner des enfants, la baguette était chaude, je l'ai pressée contre ma poitrine. Dans ma rue, le trottoir luisait d'humidité. Brusquement, j'ai senti un jet froid me glacer les chevilles, j'ai poussé un cri, un véhicule vert municipal m'a dépassée, indifférent, en poursuivant son rituel de pulvérisations.

Ce sont les gyrophares que j'ai aperçus en premier. Une petite lumière bleue clignotait dans mon impasse, des voitures de police étaient garées le long du trottoir. J'ai voulu penser que je n'étais pas concernée, qu'un drame s'était déroulé qui n'avait rien à voir avec moi, mais j'ai poussé la grille de mon immeuble avec un poids sur le dos, la poitrine serrée. Il y avait un attroupement dans la cour, j'ai écarté la foule, le souffle coupé, les battements de mon cœur résonnaient dans mes tempes. Tout à coup, tous les sons se sont tus, je me suis avancée dans le silence, j'ai cru distinguer quelque chose, une forme, comme au centre d'une arène. J'ai fait un pas et c'est là que j'ai vu son corps disloqué. Sa jupe en cuir était retroussée sur ses cuisses. Sa jambe faisait un angle impossible avec le reste de son corps, comme le membre déboîté d'une poupée. Un escarpin gisait seul quelques mètres plus loin. Elle reposait à plat ventre sur les pavés, le visage tourné vers moi, les yeux grands ouverts sur le vide. Sa bouche déformée semblait avoir hurlé. J'ai vu la mare noire autour de sa tête, ses cheveux trempaient dedans. Je n'ai pas reconnu tout de suite leur couleur miel, à cause du sang. Alors j'ai compris, j'ai compris que je voyais sa mort en direct et qu'elle s'était écrasée depuis l'étage. J'ai trébuché, je me suis accrochée au voisin, son regard a croisé le mien, j'ai senti une violente crampe dans le ventre qui m'a pliée en deux, il me soutenait, je me suis redressée, j'ai levé la tête et j'ai vomi en jet, puis plus rien. Quand je me suis éveillée, j'étais dans mon lit, j'ai entendu des chuchotements, des bruits de portes qui s'ouvrent et se ferment et Bertrand qui disait : « Chut… Maman se repose… »

LA POLICE

20 octobre 2010

La police est venue nous interroger. Enquête de voisinage. J'ai dit : « Nous étions bien plus que des voisins. » L'officier a pris des notes dans son calepin. Avec son menton, il m'a intimé de développer, mais je n'avais pas envie de lui parler, de lui dire ce qu'Ambre représentait pour moi. Bertrand a répondu à ma place, en simplifiant. Le policier a fait irruption chez nous, sans tact, sans ménagement, sans égard pour ce que nous ressentions. Il a posé des questions, il fallait coopérer. Je ne m'attendais pas à cela, je veux dire à voir débarquer la police. « Dès lors qu'une mort survient brutalement, on fait une enquête », a indiqué l'officier.

C'est le gardien, en sortant les poubelles, qui a découvert son corps. J'ai retenu cette phrase parce qu'elle m'a fait mal, comme s'il rapprochait Ambre d'une ordure.

Le ton du policier était froid, factuel.

Il nous a interrogés sur la trappe de toit, j'ai compris qu'il trouvait bizarre qu'elle soit fermée. Bertrand a précisé que le loquet permettant de la maintenir ouverte était cassé depuis longtemps.

Il a demandé si nous avions le double des clés d'Ambre, et s'il n'y en avait qu'un.

Il a voulu savoir si Ambre buvait, si elle était dépressive.

Les hommes qu'elle voyait. J'ai dû raconter les hommes qui comptaient pour elle, les hommes de sa vie.

Quelles étaient ses habitudes, le soir, la nuit, les endroits qu'elle fréquentait.

La police n'arrivait pas à reconstituer ce qu'Ambre avait fait ce soir-là. Personne ne l'avait signalée dans les bars du quartier.

– Quand l'avez-vous vue pour la dernière fois ?

– Il y a un mois à peu près.

– Vous n'étiez pas si proches.

– Elle était partie, elle avait quitté Paris, me suis-je défendue.

– Où ?

– Je ne sais pas.

– Qu'avez-vous fait ce soir-là ?

– J'étais chez mon père.

Il a regardé mon ventre. J'ai expliqué l'anniversaire de la mort de ma mère, l'ictus.

Il m'a demandé si mon père avait recouvré la mémoire. Il a noté son adresse.

– Et vous ?

– J'étais ici, a répondu Bertrand.

– Seul ?

– Avec mes enfants.

– Vous n'avez rien entendu ?

– Non, rien.

APRÈS

22 octobre 2010

Jason est passé me voir. Il pleurait, comme un enfant. Il est très beau. Il ressemble à un gitan. Il était tellement perdu. J'ai compris seulement à ce moment-là qu'il n'avait jamais cessé de l'aimer. Il se débattait comme un diable, incapable de recevoir sa disparition comme une réalité. Il voulait savoir. Tout le monde semblait penser que nous étions ses plus proches amis, que nous étions les derniers à l'avoir vue.

– Je ne sais pas, Jason. On ne sait pas. On se pose tous la même question.

J'ai repris pour la énième fois les explications :

– Sa porte était verrouillée. Elle n'avait pas ses clés sur elle, on ne les a pas trouvées. Pour entrer chez elle, elle a pu vouloir rejoindre sa fenêtre qui était entrebâillée, en passant par le toit. La distance n'est pas très grande. Elle aurait emprunté la trappe de toit. Oui, tu sais, par la petite échelle qui permet d'y accéder. Elle se serait engagée par là, le long du parapet et elle a chuté.

La police m'a demandé les clés. Je leur ai donné un jeu, celui qu'on gardait. Ambre était rassurée de savoir que nous avions un double. Je n'arrête pas de me dire, pourquoi n'a-t-elle pas sonné ?

Jason s'agitait, secouait la tête, il a attrapé ses cheveux.

– Solveig, ce n'est pas possible, peut-être que tu n'as pas entendu ?

– Jason, je n'ai pas dormi ici cette nuit-là ! Je ne peux pas savoir. Mais Bertrand est formel.

Je me suis tournée vers Bertrand.

– Bertrand, dis-lui que tu n'as rien entendu.

Bertrand a hoché la tête, incapable de parler. Depuis la mort d'Ambre, il était comme une ombre.

Jason n'arrêtait pas de dire :

– Ce n'est pas possible, ce n'est pas possible ! Ambre ? Pourquoi ?

Bertrand s'est approché. Il voulait apporter quelques mots, une explication, mais on se répétait :

– D'après la position de son corps dans la cour, la police pense qu'elle est tombée depuis sa fenêtre, ou pas loin, elle était entrouverte, elle a dû vouloir passer par là, et elle a glissé… Elle avait bu…

– Avec qui ? a crié Jason en se levant. Où est-elle allée ce soir-là ?

Il ne tenait plus en place.

Personne ne savait. Elle n'était pas avec Antoine. J'avais dû l'appeler, j'avais dû lui dire, ses sanglots aigus au téléphone, c'était abominable, comme un animal que l'on égorge.

La police enquêtait, mais elle ne nous disait rien.

IL FAUT Y ALLER

31 octobre 2010

Depuis qu'Ambre était morte, je ne pouvais plus penser. La vie se déroulait dans un enchaînement de gestes et de scènes automatiques, désincarnées. Il manquait le cœur, la pulsation qui donne l'élan, l'envie d'être au monde. Sa mort m'avait sidérée. Sa mort me questionnait sans relâche. J'étais écrasée d'angoisses comme un raz de marée. C'était un déferlement, une explosion intérieure qui me paralysait. Tout le monde pensait que j'étais ralentie, alourdie par ma grossesse. Mais je me noyais. Le chagrin m'avait immobilisée et s'enfonçait en moi comme une perceuse, j'étais transpercée de chagrin. Dès le réveil, la vague me submergeait, j'étais crucifiée dans le lit, je ne pouvais plus bouger. Cette immobilité me tuait, je crois, alors j'ai essayé de reprendre possession de mon corps, mais même mon corps était colonisé, l'enfant s'épandait, se contorsionnait à l'intérieur de moi. Tout à coup, l'idée que l'enfant était la matérialisation de l'angoisse m'a assaillie et je l'ai vu comme un serpent malfaisant rampant dans mon ventre, me dévorant de l'intérieur. J'avais le souffle court, le silence s'est transformé en vacarme étourdissant, mes tempes se sont mises à battre. Je me suis levée et j'ai marché de long en large dans mon salon pour trouver un peu de calme. J'ai constaté que me déplacer ainsi sans autre but que de mobiliser mes jambes valait mieux que rester immobile. J'ai pensé faire des étirements, pour ressentir à nouveau chaque partie de mon corps, pour me les réapproprier, pour me calmer. Au bout d'une heure, retrouver les postures que je connaissais, voir que je pouvais les réaliser, caler ma respiration sur les mouvements m'a apporté un peu de soulagement. Assise à même le sol, j'inclinais mon buste sur le côté, mon ventre s'étalait dans l'ouverture que formaient mes cuisses ouvertes, comme si l'enfant était posé au sol dans un sac de peau tendue. Brusquement, ma tête s'est mise à tourner, j'ai vu des taches multicolores, et les tendons de mes articulations ont cédé comme des élastiques trop tendus, j'ai vu mes os recouverts de chair, mes articulations se déboîter, et puis le noir.

Bertrand m'a retrouvée par terre, j'étais dans une flaque, ahurie, incapable de parler, de dire où j'étais et ce qui était advenu. Ma première pensée cohérente, mon premier retour de conscience tenait en trois mots : « Ambre est morte. » Et comme si je devais être punie d'être toujours en vie alors qu'elle avait disparu, une douleur profonde m'a déchiré le ventre, mes entrailles se sont tétanisées, je me suis affalée sur le dos, comme un scarabée, Bertrand a voulu me relever, il disait « il faut y aller », « il faut aller à la maternité », je me retenais à ses chevilles, prête à tout pour « ne pas y aller », pour rester au sol, par terre, parmi les miens, parmi les morts, incapable d'accueillir la vie qui pressait mon ventre, qui me bousculait dans le monde des vivants, dans l'avenir, moi qui voulais à ce moment-là mourir par terre, abandonner, couler, aller les retrouver, Maman, Anna, Ambre et tous ceux que j'avais laissés mourir dans ma vie.

1er NOVEMBRE

Ici les murs sont blancs, le mobilier impersonnel. J'ai l'impression que l'on décide pour moi, je dois rester dans ce lieu que je n'ai pas choisi, dans cette chambre sans histoire, où rien ne viendra réveiller ma mémoire. Le lit que je vais occuper sera froid. Il sera froid et vide. Je n'ai rien à moi, tout a été retiré.

La porte est fermée mais je vois un hublot, des yeux peuvent m'observer à tout moment. Je suis épiée, sous surveillance, il faut que je m'en souvienne. On m'a à l'œil, je ne serai jamais seule. Je me demande ce que je vais faire, et je sens l'immensité du temps qui m'écrase, un tunnel de temps vide. Je pense aux garçons. On m'a coupée de leur vie. Dehors, il se passe des choses chez ceux qui me surveillent, j'entends leurs voix, des portes qui grincent, de l'activité. Je m'assieds sur le lit, les pieds en contact avec le carrelage glacé. Ils sont violets, cyanosés, va-t-on les amputer ?

On a frappé à la porte, la femme est entrée, son masque d'empathie sur le visage, elle a parlé et j'ai vu sa bouche s'arrondir, former des mots sans son, elle ressemblait à un poisson. Elle s'est retournée et sa collègue a apporté un petit chariot, elle l'a placé à côté de moi. À l'intérieur, le bébé gesticule, amas de chair et de cris, je regarde les plis à l'intérieur de ses cuisses, les plis de sa peau attirent mon attention, je les scrute, il a les poings qui se serrent, il hurle, il devient rouge, il est en colère l'enfant, il réclame sa mère. Je voudrais mettre une coque en plexiglas sur lui, une cloche pour assourdir ses pleurs, mais sans air arrêtera-t-il de respirer ? Pourquoi m'impose-t-on l'enfant ? Bertrand a dit : « Il faut garder le contact », et pour que je comprenne il a caressé ma main. J'ai regardé ses doigts, et je me suis étonnée de ne pas sentir le velouté de sa peau.

Sa main a touché la mienne, je l'ai constaté, mais je ne l'ai pas ressenti. Ma peau a subi une anesthésie, ils ont endormi mes enveloppes, je crois, pour contenir la douleur à l'intérieur de mon corps, pour qu'elle ne transpire pas sur l'enfant. À l'intérieur, le sang goutte de mes viscères entaillés. Des lames sadiques s'acharnent sur mon ventre, pourquoi s'acharnent-elles sur mon ventre éclaté, il a pourtant laissé sortir le bébé, ils l'ont sauvé, il vit, il crie, alors pourquoi continuent-elles de me punir ? Tout à l'heure, ils ont dû le ranimer, dans la précipitation, tout est allé très vite, ils sont sortis tenant le nouveau-né à bout de bras. Je suis restée seule prisonnière dans les étriers et là, j'ai senti une masse sortir de mes cuisses écartées. J'ai cru à un deuxième enfant, mort, tué par le premier, masse visqueuse et sanguinolente qui glissait de tout son poids entre mes jambes. J'ai regardé cette chose qui sortait de moi, pleine de sang et de chair en train de se déliter, la sage-femme est arrivée, elle a glissé ses gants dans mon ventre et elle a retiré le placenta, comme un cœur arraché à pleines mains.

L'enfant pleure, il pleure des larmes de sang, comme c'est curieux, ce sang qui sort de ses yeux, pourquoi ?

Je me détourne, je vais à la fenêtre, les arbres sont dénudés, il n'y a pas de couleurs, le ciel est gris. Dehors dans le parc, j'aperçois sa silhouette familière, il est grand et mince, sa tête est baissée, il n'y a pas de son, je le vois se déplacer d'un pas pesant. Il tourne la tête comme s'il attendait quelqu'un. A-t-il des regrets ? Va-t-il venir me chercher ? Contre la vitre, je murmure son nom. Son bras s'écarte, elle court pour le rejoindre. Il enlace ses épaules, elle se colle à lui, ils marchent tous les deux vers le grand portail de la sortie. Au milieu de l'allée des platanes sans feuilles, Bertrand et Ambre ne sont plus que deux ombres qui s'éloignent, deux points qui se confondent en un seul, une unique tache noire qui meurt au coin de la rue.

TERRA INCOGNITA

1er novembre 2010

J'ai toujours senti chez ma femme une réserve, une terre inconnue, insondable, inconnue d'elle-même peut-être aussi, quelque chose d'opaque. L'opacité n'est pas forcément sombre, pourtant ce soir elle est noire, elle abrite sa part de folie.

Depuis que je la connais, j'ai peur de la perdre. Quand elle est entrée dans ma vie, j'ai ressenti une impression d'irréalité. Elle était ma patiente, je ne l'attendais pas. Elle s'est imposée comme une évidence tranchante. Parce qu'elle est ainsi, entière, singulière.

Farouche, forte, mais friable aussi.

J'ai voulu l'ancrer. Des fils. Pour la première fois je pense que fils est le pluriel de fil. Une pelote de fils, comme des liens pour la souder à moi. La peur de perdre, c'était déjà avant elle, mais encore plus avec elle. C'est elle qui dit que les femmes savent mieux perdre que les hommes, car elles s'y préparent dès leur naissance. Devoir laisser la mère pour se tourner vers le père, quitter l'enfance avec l'arrivée des règles, renoncer aux enfants quand ils partent, faire le deuil de la vie hormonale à la ménopause, elle énonçait les choses comme cela et elle ajoutait, perdre un homme parti pour une femme plus jeune.

J'ai honte.

Tout à l'heure, à la maternité, le psychiatre est venu me voir. C'est un homme délicat, il parle à mi-voix, comme dans un confessionnal, il pense sans doute que les mauvaises nouvelles doivent être annoncées avec des mots feutrés, pour atténuer leur portée. De toute façon, j'étais hébété, assommé, de la voir ainsi, perdue, hagarde. Dans sa chemise de nuit, si vide.

– Vous comprenez, tous ces chocs affectifs à répétition, le décès de sa mère, de sa sœur… Et cette amie…

– Ambre…

– Cela fait beaucoup, beaucoup d'attaques. Son univers psychique s'est fragilisé… Et son métier, toute cette morbidité, c'est usant, cela a créé un climat défavorable dans sa psyché, pour accueillir cette enfant, elle a pensé que c'était un cancer tout de même… La force du déni…

– Elle reviendra à elle ? Je veux dire… Je la retrouverai ?

– Il y a de fortes chances. C'est probablement une psychose puerpérale. Elle a des idées délirantes, des hallucinations, il faut attendre…

Il parlait. À travers la vitre, des infirmières manipulaient ma petite fille, je n'arrivais plus à me concentrer. Quelques bribes de mots parvenaient à franchir la frontière que dressait mon inconscient pour me protéger de la situation.

– … trouble schizo-affectif…

Je pensais à ma fille, garderait-elle une trace de tout cela ? Était-ce possible de naître et d'être déjà si chargée ? Mon enfant à peine née et si lourde déjà du poids de nos vies, de mes erreurs.

– … son âge joue pour elle, soyez patient, je reste confiant.

De qui parlait-il ? Ses paroles se confondaient avec mes pensées, je ne savais plus où j'en étais.

À chaque grossesse, Solveig espérait une fille, et cette fois-ci plus encore. Et alors que notre enfant arrivait, j'avais le sentiment qu'elle m'abandonnait.

Je suis anéanti.

C'est terrible à dire, mais je crois que je savais, je savais que tout cela pouvait arriver. J'ai su à partir du moment où…

Je n'ai jamais emprunté de chemin de traverse, trop sinueux, trop dangereux pour moi. Mais sa puissance d'attraction… Je n'aurais pas dû rester seul avec elle.

Ambre, un guet-apens… J'ai perdu le contrôle. Et les choses se sont déréglées, se sont enchaînées pour conduire ma vie dans ce drame.

Que vais-je dire aux garçons ?
Comment leur expliquer ? La bascule ?
Attendre. Ce n'est pas la peine de forcément tout dire ?
Non, je ne me sens pas capable de leur parler.
Je voudrais gagner du temps.

Je suis rentré automatiquement, étranger à moi-même. J'ai garé la voiture au parking.

Dehors, j'ai eu froid, la température a chuté brutalement. Le froid se conjugue à l'humidité pour me transpercer les os. Les escaliers ne m'ont jamais paru aussi longs et rudes à monter.

Dans le couloir, devant sa porte, c'est là que je me suis écroulé.

Je ne pouvais plus avancer.

2 novembre 2010

Est-ce moi ?
L'ai-je tuée ?

Table

DU MÊME AUTEUR
CHEZ ODILE JACOB

Pitié, 2016.

Cet ouvrage a été imprimé sur du papier
dont les fibres de bois proviennent
de forêts durablement gérées

Cet ouvrage a été composé
en Bembo
par Nord Compo
à Villeneuve-d'Ascq (Nord).

Cet ouvrage a été achevé d'imprimer
sur les presses de la
Nouvelle Imprimerie Laballery à Clamecy
en janvier 2022

N° d'édition : 7381-5569-X – N° d'impression : 204439
Dépôt légal : juin 2022

Imprimé en France